QUATRE FEMMES POUR UN MEURTRE

DANS LA MÊME COLLECTION .

N° 1 – HIGGINS MÈNE L'ENQUÊTE
N° 2 – MEURTRE AU BRITISH MUSEUM
N° 3 – LE SECRET DES MAC GORDON
N° 4 – CRIME À LINDENBOURNE
N° 5 – L'ASSASSIN DE LA TOUR DE LONDRES
N° 6 – LES TROIS CRIMES DE NOËL
N° 7 – MEURTRE À CAMBRIDGE
N° 8 – MEURTRE CHEZ LES DRUIDES
N° 9 – MEURTRE À QUATRE MAINS
N° 10 – LE MYSTÈRE DE KENSINGTON
N° 11 – QUI A TUÉ SIR CHARLES ?
N° 12 – MEURTRES AU TOUQUET
N° 13 – LE RETOUR DE JACK L'ÉVENTREUR
N° 14 – MEURTRE CHEZ UN ÉDITEUR
N° 15 – MEURTRE DANS LE VIEUX NICE

AUX ÉDITIONS DU ROCHER :

MEURTRE AU BRITISH MUSEUM
LE SECRET DES MAC GORDON
CRIME À LINDENBOURNE
L'ASSASSIN DE LA TOUR DE LONDRES
LES TROIS CRIMES DE NOËL
MEURTRE À CAMBRIDGE
MEURTRE CHEZ LES DRUIDES
MEURTRE À QUATRE MAINS
LE MYSTÈRE DE KENSINGTON
QUI A TUÉ SIR CHARLES ?
MEURTRES AU TOUQUET
LE RETOUR DE JACK L'ÉVENTREUR
MEURTRE CHEZ UN ÉDITEUR
HIGGINS MÈNE L'ENQUÊTE
MEURTRE DANS LE VIEUX NICE
QUATRE FEMMES POUR UN MEURTRE
LE SECRET DE LA CHAMBRE NOIRE
MEURTRE SUR INVITATION
NOCES MORTELLES À AIX-EN-PROVENCE
LES DISPARUS DU LOCH NESS

J.B. LIVINGSTONE

QUATRE FEMMES POUR UN MEURTRE

EDITIONS GERARD DE VILLIERS

ISBN 2-7386-0292-4

CHAPITRE PREMIER

Ce jour-là, tout paraissait calme à The Slaughterers, un petit bourg paisible du Gloucestershire où la campagne anglaise la plus traditionnelle déployait ses charmes verdoyants sous une pluie de printemps fine et constante.

Mais ce calme n'était qu'apparence.

Derrière la fenêtre à petits carreaux d'une belle demeure en pierre au toit d'ardoise, un homme observait les allées et venues dans le sentier qui longeait la petite rivière Eye. A vrai dire, aucun passant ne s'aventurait en ces lieux déserts à une heure aussi matinale. Pourtant, la vigilance du guetteur ne fléchissait pas. L'incident pouvait se produire à tout moment.

Des chênes centenaires, puissants et rassurants, entouraient la propriété aux fenêtres XVIIIe siècle qui rythmaient deux étages disposés selon la Divine proportion. Qui aurait pu soupçonner qu'un drame se préparait dans ce cadre champêtre, loin du monde et du bruit?

L'homme ne bougeait pas, immobile et attentif

comme un chat prêt à sauter sur sa proie. Pour la surprendre, il ne devait pas faire le moindre bruit.

A 8 h 12, avec plus d'un quart d'heure d'avance, la bicyclette du facteur fit entendre son grincement caractéristique. Le préposé ne huilait pas sa chaîne par souci d'économie. L'ex-inspecteur-chef Higgins quitta son poste de guet, se rua vers la porte d'entrée de sa maison, l'ouvrit avec délicatesse puis courut jusqu'au portail. Le facteur venait de déposer le courrier dans la boîte aux lettres.

En le retirant, Higgins eut un sourire triomphant. Il était là : le *Times*, avec sa bande d'abonnement. Pour la première fois depuis longtemps, Mary n'aurait pas l'occasion de lire le journal avant Higgins et de replacer la bande qu'elle avait ôtée en croyant que l'ex-inspecteur-chef ne s'en apercevrait pas. Attaquer Mary de front eût été suicidaire. Agée de soixante-dix ans pour l'éternité, ignorant jusqu'à la notion même de maladie, elle aurait repoussé les accusations de Higgins et, avec son inébranlable mauvaise foi, retourné la situation à son avantage.

La ruse lui avait permis d'obtenir un brillant résultat. Savourer des nouvelles fraîches était une joie simple mais intense. Higgins se prépara un café à l'arôme délicat, des toasts nappés de marmelade, des œufs au bacon et des céréales. Il n'oublia pas Trafalgar, le siamois affligé d'une faim permanente.

Avec le *Times*, il y avait une lettre postée en urgence et largement surtaxée, preuve d'une nette propension aux dépenses excessives. L'expéditeur, qui utilisait des enveloppes de luxe, devait disposer d'un compte en banque bien garni. Selon la règle orientale, Higgins fit passer le plus pressé en dernier. Il commença donc par un journal intact qui privilégiait une étrange information imprimée en caractère gras d'un goût presque douteux. Sa teneur, il est vrai, avait de quoi surprendre. Trois grands banquiers venaient de se suicider : à Zurich, le revolver ; à New York, le saut dans le vide du haut d'un building ; à Vaduz, au Liechtenstein, le poison. Cette épidémie inquiétait les milieux financiers, déjà passablement désorganisés.

Higgins, qui avait quitté prématurément Scotland Yard pour relire les bons auteurs, entretenir ses rosiers et se promener en forêt, n'éprouvait qu'un intérêt médiocre pour les grandes manœuvres boursières. Mais la mort brutale intervenait rarement dans les milieux de la haute finance. Pourquoi avait-elle frappé de manière aussi spectaculaire ?

Le téléphone sonna.

Higgins avait horreur de cet instrument barbare que Mary adorait. Elle éprouvait un goût malsain pour un modernisme que l'ex-inspecteur-chef désapprouvait. Combien de choses, en ce siècle pressé, dont il n'avait pas besoin ! Mais le combiné était installé dans la cuisine de Mary qui, fatalement, décrochait.

L'inévitable advint.

— Un appel pour vous, cria-t-elle, excédée. A cette heure-là, ce doit être un de vos bandits du Yard !

La gouvernante estimait que Scotland Yard était un repaire de brigands et de malfaisants incapables de protéger les honnêtes gens. Higgins avait renoncé à entamer un débat de fond. L'ex-inspecteur-chef se rendit en territoire ennemi et colla le récepteur à son oreille.

— Higgins ? Pardon de t'importuner à une heure pareille... mais la City est en feu !

Higgins avait identifié la voix de Watson B. Petticott, l'une des têtes pensantes de la banque d'Angleterre qui dînait souvent avec le Premier ministre. Relation obligée des hommes influents, Watson B. Petticott appartenait au cercle très restreint des amis fidèles de l'ex-inspecteur-chef. Pondéré, calme, indifférent aux vacarmes extérieurs, le banquier était dans un état d'anxiété et d'agitation tout à fait extraordinaire.

— Que se passe-t-il, Watson ?

— Une catastrophe internationale qui annonce un séisme. As-tu entendu parler d'Archibald Stanley ?

— Vaguement... un milliardaire excentrique ?

— L'un des financiers les plus puissants de la planète. Il n'est plus sorti de chez lui depuis vingt ans mais il est partout : pétrole, matières premières, montage de multinationales, armement, transports, technologies modernes... la litanie est interminable. Il lui suffit de lever le petit doigt pour que des tempêtes financières se déchaînent. Et celle qui commence...

— En quoi suis-je concerné ? Mes économies sont chez toi. J'ai une totale confiance dans ta gestion.

— Une rumeur prétend qu'Archibald Stanley a été assassiné et qu'il est mort sans laisser d'instructions. Trois banquiers se sont déjà suicidés et ce n'est qu'un début. Le temps de retrouver un régulateur de sa taille, on assistera à quantité de faillites ! La finance mondiale vient de perdre l'un de ses chefs, tu comprends ? Sa seule signature couvrait de multiples opérations qui, sans son aval, deviennent un peu... dangereuses. Je sors de chez le Premier ministre. La City risque d'être touchée de plein fouet.

— J'en suis navré, Watson. Mais comment puis-je sauver l'Angleterre ?

— En vérifiant l'information sans tarder. Si, par malheur, elle est exacte, il faut savoir qui a tué Stanley et pourquoi. Derrière cette affaire, il y a peut-être un formidable complot.

— Je te rappelle que je suis à la retraite. Ce genre d'aventure, à mon âge...

— Tu es le plus jeune et le meilleur enquêteur du royaume. Le Yard envoie quelqu'un pour te prendre.

— Ma présence est-elle bien nécessaire ?

— Plus que tu ne l'imagines, Higgins ! Approcher Stanley ou son cadavre risque d'être délicat, très délicat... seul un homme raffiné et d'une très grande expérience pourra y parvenir. C'est un service personnel que je te demande.

Entre anciens de Cambridge et membres du même club, on ne pouvait rien se refuser.

CHAPITRE II

Plutôt trapu, de taille moyenne, les cheveux noirs, les tempes grisonnantes, la lèvre supérieure ornée d'une moustache poivre et sel, l'air débonnaire mais l'œil malicieux, l'ex-inspecteur-chef était né sous le signe du chat selon l'astrologie orientale. Bien qu'il n'accordât pas la moindre valeur à cette superstition, Higgins reconnaissait posséder les qualités du félin. Habillé d'un costume croisé bleu nuit taillé à la perfection par Stovel and Mason, l'ex-inspecteur-chef décacheta l'enveloppe. La qualité du papier à lettre était tout à fait remarquable.

Cher Monsieur,

En dépit de l'échec de ma première tentative, je me permets d'insister. Vos services me seraient de la plus grande utilité. Je suis toujours persuadée qu'on veut tuer mon père. Aussi vous serais-je reconnaissante de bien vouloir reconsidérer votre position.

Avec espoir,

Barbara Stanley

Même enveloppe, même papier, même écriture rapide et nerveuse... une semaine plus tôt, Higgins avait reçu une première lettre signée de la même personne mais sur un ton très différent. Elle sommait l'ex-inspecteur-chef de s'occuper sans délai de la sécurité d'Archibald Stanley. A la missive était joint un chèque d'un énorme montant. Higgins avait aussitôt répondu qu'il n'était ni garde du corps ni détective privé et retourné le chèque avec des fleurs.

Il n'avait guère eu le loisir de s'interroger sur les Stanley qui resurgissaient brutalement dans son existence. La seconde lettre datait de l'avant-veille. Si un événement grave s'était produit, il était donc très récent; les craintes de Barbara Stanley semblaient fondées.

Étrange affaire commençant par un meurtre qui n'avait peut-être pas eu lieu mais était déjà la cause de trois suicides... Higgins éprouva une profonde sensation de malaise. L'adversaire auquel il serait bientôt confronté sortait de l'ordinaire. Tapi dans l'ombre, il déclenchait des forces maléfiques dont l'ex-inspecteur-chef pressentait la puissance. En Orient, pendant son adolescence, Higgins avait appris à maîtriser la peur et à ne pas redouter la mort. Cette fois, avant même de connaître les dessous du drame et ses protagonistes, il frissonna. De sombres pressentiments lui traversèrent l'esprit.

L'un d'eux se matérialisa.

La cloche de l'entrée tinta à plusieurs reprises. Quelqu'un d'énervé et de pressé.

— Je suis occupée, cria Mary. Allez ouvrir vous-même; c'est sûrement l'un de vos sinistres collègues.

Bien entendu, elle avait épié la conversation téléphonique. Résigné, l'ex-inspecteur-chef marcha tranquillement jusqu'au portail. Trafalgar, qui n'aimait pas la pluie, resta pelotonné au coin du feu.

Le superintendant Marlow trépignait.

— Pardonnez-moi, Higgins! Il est tôt, je sais, mais c'est urgent!

La cinquantaine bedonnante, affublé d'un costume de mauvaise coupe, d'une cravate mal assortie et d'un imperméable froissé, Scott Marlow était pourtant un excellent policier. Il avait élu domicile à son bureau et travaillait sans compter avec une conscience professionnelle que Higgins appréciait.

— On vous a mis au courant, j'espère?

— Je le crains, superintendant.

— Et... vous acceptez?

— Pour être sincère, je n'ai pas le choix.

Scott Marlow poussa un soupir de soulagement que d'aucuns eussent trouvé déplacé. Mais le superintendant connaissait le goût extrême de son collègue pour une indépendance farouche. Lui, considéré comme le meilleur « nez » du Yard, opérait d'imprévisibles choix. Le faire changer d'avis était impossible. Scott Marlow redoutait le monde de la haute finance et plus encore ce mystérieux Archibald Stanley qu'aucun policier, fût-il très haut placé, n'avait approché depuis vingt ans. Ce genre d'enquête se présentait comme une source d'ennuis susceptible de mettre en péril une carrière jusqu'à présent exempte de faux pas.

— Mieux vaudrait partir tout de suite.

— Ma valise est prête.

— Une valise... vous redoutez un séjour prolongé chez Stanley ?

— Pas vous ?

— Je n'y avais pas pensé.

— J'ajoute quelques effets à votre intention.

***

La vieille Bentley de Scott Marlow abordait avec une relative difficulté les nombreux virages de la petite route détrempée qui menait à l'immense domaine de Stanley, situé entre Colchester, la plus ancienne cité d'Angleterre à figurer dans les archives, et la mer. Cette région de l'East Anglia gardait une splendeur un peu sauvage.

Cachés derrière une haie, deux motards attendaient leur proie. A cet endroit, les rares automobilistes dépassaient tous la vitesse requise par un panneau dissimulé dans la verdure. Aussi arrêtèrent-ils la Bentley à cinq kilomètres du but.

Les policiers demandèrent à Marlow ses papiers et ceux du véhicule qui, malheureusement, n'étaient pas en règle. Pendant que le superintendant, furibond, discutait avec ses confrères, Higgins cueillit quelques fleurs du printemps sur le bas-côté. Il aimait en glisser entre les pages du carnet noir où, tout au long d'une enquête, il prenait des notes. Dans les moments les plus sombres, elles lui faisaient oublier un instant les turpitudes humaines dont la liste, sans cesse renouvelée, était interminable.

— Mais enfin, Higgins, expliquez-leur ! Scotland Yard ne va quand même pas être arrêté par la police de la route !

La négociation fut longue et difficile. Les motards ne mettaient pas en cause la qualité du superintendant mais se heurtaient à un délicat problème : le numéro d'immatriculation était celui d'une voiture volée.

***

La Bentley, libérée grâce au versement d'une importante caution, stoppa devant une grille haute de trois mètres, ornée d'un panneau sur lequel était inscrit, en lettres rouge vif, « danger de mort ». Higgins et Marlow descendirent de la voiture et furent presque aussitôt abordés par deux hommes armés vêtus d'un costume kaki.

— Vous devriez rebrousser chemin, suggéra l'un d'eux. Cette propriété est rigoureusement interdite au public.

— Nous ne sommes pas le public, répondit Higgins, mais Scotland Yard.

Le vigile parut embarrassé. Au loin, l'ex-inspecteur-chef aperçut une sorte de mirador d'où on les observait à la jumelle. Le domaine de Stanley était gardé par une véritable armée.

— Je suis désolé, messieurs, mais Scotland Yard ou pas, aucun homme n'a le droit de franchir cette grille... ce sont les instructions formelles du patron.

— Pouvons-nous le joindre par téléphone pour le prévenir de notre présence ?

— C'est malheureusement impossible.

— Y a-t-il un responsable de la sécurité ? interrogea Marlow, irrité.

— Bien sûr... miss Edmunds.

— Contactez-la immédiatement et avertissez-la que le superintendant Marlow et l'inspecteur Higgins désirent la voir sur-le-champ.

Utilisant un téléphone de campagne, le vigile s'exécuta. La conversation fut brève.

— Miss Edmunds arrive. Elle vous prie de patienter.

— Combien de temps ?

— Elle vient du château en voiture... une vingtaine de minutes environ.

Miss Edmunds était une brune très stricte qui portait tailleur marron et chignon.

— Veuillez m'excuser, messieurs. J'ai été contactée par les autorités qui m'ont suppliée de vous ouvrir cette porte. J'aurais dû refuser, naturellement, si M. Stanley en personne ne m'avait donné l'ordre, dans un cas exceptionnel, de solliciter sa fille Barbara. Cette dernière m'a indiqué qu'elle avait fait appel à M. Higgins. L'un de vous, je présume ?

— En effet, admit l'ex-inspecteur-chef.

— Ouvrez la grille, ordonna miss Edmunds au vigile.

L'infranchissable barrière métallique ne présentait que cette unique ouverture. Il fallait une personne à l'extérieur et une autre à l'intérieur pour déclencher ensemble le mécanisme qui dégageait un étroit passage où Higgins, valise à la main, s'engagea.

Quand Scott Marlow voulut, à son tour, franchir cette frontière, le vigile l'en empêcha.

— Vous ne vous appelez pas Higgins.

L'ex-inspecteur-chef s'adressa à miss Edmunds.

— Sans le superintendant Marlow, je crains d'être tout à fait inefficace et de devoir regagner sans délai mon propre domaine.

— Ce serait fâcheux. Barbara Stanley tient beaucoup à votre présence, de même que les autorités. Voilà vingt ans qu'aucun homme n'a pénétré sur ces terres. Deux d'un coup...

Scott Marlow avait eu à mener d'étranges enquêtes mais celle-là s'annonçait au moins extravagante.

— Suivez-moi, exigea miss Edmund. Mlle Stanley décidera elle-même.

— Ma Bentley ? s'inquiéta Marlow.

— Vous pouvez l'utiliser.

La grille s'entrouvrit davantage. La Bentley emprunta la roue d'une jeep que miss Edmunds conduisait avec une remarquable maestria. L'immense domaine du financier commençait par une forêt riche en points d'eau ; l'ensemble ne ressemblait pas du tout à la campagne anglaise et prenait plutôt l'allure d'une brousse africaine, comme si le paysage avait été remodelé.

La route passa près d'une fort belle maison de

caractère colonial. Une nouvelle barrière l'interrompit. Miss Edmunds demanda l'ouverture par téléphone. Les deux voitures s'engagèrent dans un vaste espace pelé, sorte de savane animée de quelques bosquets, où trônait une ferme qui comprenait de nombreux bâtiments. Quelques kilomètres plus loin se dressa la troisième barrière donnant accès à la partie la plus reculée du domaine, ouverte sur une falaise qui dominait la mer.

Cette fois, la conversation téléphonique de miss Edmunds dura plus d'une minute. Sans doute devait-elle donner des mots de passe. L'ultime porte s'ouvrit et, après avoir roulé à bonne allure, Higgins et Marlow découvrirent une forteresse aux murailles crénelées, dressée au centre d'une vaste esplanade dégagée. Les fenêtres, étroites, étaient équipées de grilles.

L'énorme bâtisse, à l'allure des plus rébarbatives, semblait imprenable. Seul élément qui adoucissait un peu la rigueur médiévale de l'ensemble : un perron en marbre d'Italie.

Sur ce perron, quatre femmes attendaient les hommes du Yard.

La mère d'Archibald Stanley, Victoria, née Dyke, âgée de soixante-quinze ans, était vêtue d'un tailleur violet.

Sa femme, Emily, née Moody, affichait une belle cinquantaine dans une robe noire.

Sa fille, Barbara, âgée de vingt-cinq ans, avait choisi jupe et corsage blanc.

Sa maîtresse, Laurie Warner, une superbe Eurasienne de trente-cinq ans, était resplendissante dans sa robe rouge au décolleté profond.

Barbara Stanley descendit les marches du perron. Ignorant Marlow, elle s'adressa à Higgins.

— Mon père a été assassiné, déclara-t-elle.

CHAPITRE III

Barbara Stanley était jolie, piquante et autoritaire. Les cheveux auburn et les yeux clair, elle avait des allures de riche héritière qui lui convenaient à merveille.

— Comment le drame s'est-il produit?

Elle répondit d'une voix calme et mesurée. Les trois autres femmes ne pouvaient l'entendre.

— Quand je suis allée le chercher pour dîner, il n'a pas répondu. J'ai ouvert la porte de son bureau et je l'ai trouvé baignant dans son sang.

— Qui a constaté le décès?

— J'ai fait appel à la chirurgienne privée de mon père, Mme Alconbury, qui est arrivée sur l'heure. Elle ne travaille que pour lui; Archibald Stanley a fait installer un bloc opératoire au sous-sol. Cette précaution lui a sans doute sauvé la vie.

— Sauvé la vie, répéta Scott Marlow, interloqué. Vous voulez dire... qu'il n'est pas mort?

La jeune femme ne regarda pas le superintendant.

— Débarrassez-moi de ce sous-fifre. J'ai horreur d'être interrompue par n'importe qui.

Higgins croisa les mains derrière le dos.

— Vous n'avez pas voulu m'aider, monsieur Higgins et vous avez eu tort. Comme vous pouvez le vérifier, mes soupçons étaient fondés.

Higgins monta une marche et regarda Barbara Stanley droit dans les yeux.

— Mademoiselle Stanley, vous êtes charmante et intelligente. Vous comprendrez aisément ma position : si je m'occupe de cette enquête, je le ferai à ma manière, selon ma méthode et en compagnie de mon ami et collègue Scott Marlow. Sinon, je rentre chez moi.

Le combat dura quelques longues secondes. La fille du financier sourit.

— Vous êtes le meilleur « nez » du Yard, à ce qu'il paraît. L'assassin a déjà frappé. Je suppose qu'il recommencera.

— Je n'ai pas l'intention de supposer mais d'examiner les faits.

— Qu'il en soit fait selon votre volonté, ironisa Barbara Stanley. Cette maison devient la vôtre.

— Je n'en attendais pas moins. J'aimerais me rendre immédiatement au chevet du blessé.

— Bien entendu. Je vous conduis.

Higgins et Marlow grimpèrent les marches du perron. Victoria leur barra le passage.

— Je suis la mère d'Archibald. Sachez que je suis tout à fait hostile à l'intervention de la police. Nous avons toujours résolu nos problèmes entre nous. Ma petite-fille a pris une initiative malheureuse.

La vieille dame, malgré son âge, avait beaucoup d'allure. Maigre, élancée, le front haut et les lèvres minces maquillées de mauve, elle s'exprimait avec la plus grande fermeté.

— Parmi ces problèmes, madame, y avait-il des crimes ?

Vexée, Victoria se détourna.

— Pardonnez-lui, implora Emily. Ma belle-mère est très affectée. Nous sommes toutes heureuses de vous voir.

Higgins s'arrêta devant la superbe Laurie Warner.

— Et vous, mademoiselle ? Quelle est votre opinion ?

— En tant que maîtresse d'Archibald Stanley, je n'ai aucune opinion à émettre.

Outré, Scott Marlow contint sa réprobation. Mère, épouse, fille et maîtresse... dans quel guêpier était-il tombé ?

Barbara Stanley confia les deux policiers à la chirurgienne, une grande femme très sèche aux mains à la fois fines et musclées.

— Votre diagnostic, Dr. Alconbury ? demanda Higgins.

— État très critique. Mon équipe et moi-même surveillons le blessé en permanence. Il est dans le coma.

— Votre équipe... uniquement des femmes ?

— C'est la règle.

— Étiez-vous présente lors du drame ?

— Non. Je dînais en compagnie de collègues, dans ma villa, à une dizaine de kilomètres du domaine. Je suis constamment reliée par émetteur-récepteur, de même que mes assistantes et l'anesthésiste. M. Stanley nous offre un salaire princier pour que nous puissions intervenir à tout moment.

— D'autres attentats, dans le passé?

— Aucun. M. Stanley est un homme d'une résistance physique exceptionnelle. A cinquante-cinq ans, il a la robustesse d'un colosse de trente. N'importe qui d'autre serait mort. Le simple fait qu'il survive est un véritable miracle.

— Nature des blessures?

— Quatre balles dans le dos, deux sous l'omoplate gauche, deux sous la droite. Certains disent qu'il est protégé par les dieux de ces Dogons qu'il aime tant... je vais finir par le croire, moi aussi. Vous voulez voir les balles?

— S'il vous plaît.

Pendant que la chirurgienne allait chercher les précieux objets, Marlow s'approcha de l'ex-inspecteur-chef et murmura :

— Les Dogons... de qui s'agit-il?

— Une tribu africaine aux rites mystérieux.

La doctoresse Alconbury présenta les quatre balles sur un disque en faïence. Scott Marlow les examina avec attention, sortit un mouchoir et les soupesa l'une après l'autre.

— Celle-ci, observa-t-il en parlant de la troisième, pèse moins lourd que les autres.

Higgins demeura silencieux.

— Avez-vous l'arme d'où sont sortis ces projectiles?

— Non, répondit la chirurgienne au superintendant.

— Vous nous tiendrez régulièrement au courant de l'état de santé de M. Stanley, exigea Higgins. Les superintendant, de plus, va appeler Scotland Yard pour demander quatre auxiliaires de police féminines qui garderont le blessé.

— Vous n'avez pas confiance en moi? s'offusqua-t-elle.

— Je me méfie de l'assassin. Il tentera de tromper votre vigilance. Pourrions-nous voir M. Stanley?

— Par ici.

A travers la vitre, Higgins et Marlow contemplèrent un corps allongé que maintenait en vie le plus perfectionné des systèmes de réanimation.

Cheveux blancs, large front, nez proéminent, menton puissant : le visage du financier était massif et autoritaire. Bien qu'il fût entre la vie et la mort, il donnait encore l'impression de commander.

— Quatre balles et quatre femmes, observa Marlow. N'est-ce pas troublant, Higgins?

— Excellente remarque, mon cher Marlow.

Le superintendant éprouva une profonde satisfaction. En un éclair, il venait sans doute d'élucider toute l'affaire. A présent, il ne s'agissait plus que d'établir les degrés de culpabilité avec une certitude suffisante pour ne pas commettre d'impairs.

— S'il pouvait parler...

— Priez le dieu du Yard, superintendant.

Sur le seuil du bloc opératoire se tenait Barbara Stanley, nerveuse et inquiète.

— Soyez aimable de nous décrire les circonstances du crime, mademoiselle.

— Précisément, inspecteur, c'est un peu délicat…

Higgins se fit paternel.

— M'auriez-vous un peu… menti ?

— Un peu.

— Qui a découvert le corps ?

— Eh bien… je n'aimerais pas que vous en tiriez des conclusions…

— Tranquillisez-vous. Qui, mademoiselle ?

Barbara Stanley ne baissa pas les yeux.

— Ma mère.

— Je dois m'entretenir avec elle.

— Miss Edmunds va vous conduire. Ma mère est retournée chez elle, à la maison coloniale.

— Et la mère de M. Stanley ?

— Elle réside à la ferme. Mlle Warner et moi-même habitons cette maison. Bien entendu, personne ne songe à quitter le domaine.

— C'est préférable. Vous arrêter pour délit de fuite serait fort désagréable.

CHAPITRE IV

Miss Edmunds emmena Higgins en jeep pendant que Scott Marlow suivait dans la Bentley. Les distances entre les enceintes et les différents corps de bâtiments étaient si importantes que les déplacements en voiture s'imposaient.

Pendant le trajet, miss Edmunds expliqua à l'ex-inspecteur-chef qu'elle remplissait à la fois les fonctions de chef du personnel, de coordinatrice des secrétaires d'Archibald Stanley et de préposée à la sécurité. Dans ces diverses tâches, elle était assistée de plusieurs collaboratrices qui veillaient nuit et jour, l'année durant, sur le bon fonctionnement du domaine, ainsi que l'exigeait le financier.

Une seule journée faisait exception à la règle : celle d'hier, l'anniversaire d'Archibald Stanley. Si la surveillance extérieure, assurée par les vigiles, ne se relâchait pas, le personnel entier avait droit à un congé. Ne demeuraient à l'intérieur de l'ultime enceinte que le maître des lieux, sa mère, son épouse, sa fille et sa maîtresse.

La jeep passa devant la grande ferme où Archibald Stanley avait installé sa mère, habituée à régner sur une abondante domesticité. La vieille dame, qui détestait les animaux, éprouvait une passion pour les légumes. Elle les faisait cultiver sur plus de deux hectares et entretenait des serres où poussaient des variétés exotiques.

La seconde enceinte franchie, la jeep s'enfonça dans la brousse et s'arrêta devant un pavillon de chasse. La Bentley, plus ou moins en panne de freins, s'arrêta tout près du véhicule de tête.

— C'est ici que vous logerez, indiqua miss Edmunds. Vous y aurez tout le confort. Voici les clés, dit-elle en les remettant à Higgins. Souhaitez-vous le retour des domestiques ?

— Surtout pas. Nous nous passerons d'eux jusqu'à la conclusion de l'enquête.

— Ces dames seront mécontentes.

— Nous ferons front, miss Edmunds.

— Surtout, ne sortez pas la nuit. Entre ce pavillon et la demeure de Mme Stanley, il y a un marigot où vivent des crocodiles. M. Stanley ne trouve pas ces bêtes répugnantes, au contraire. Pour lui, elles incarnent la rapidité d'action de celui qu'on croit endormi et qui intervient de manière fulgurante. Ici, tout le monde s'en méfie.

Le superintendant Marlow s'enfonçait chaque minute davantage dans les profondeurs de l'enfer. Des sauriens dans l'East Anglia ? Ne verrait-il pas bientôt surgir des ptérodactyles ou des ours blancs ?

On reprit les voitures pour atteindre la demeure coloniale, entièrement construite en bois des îles. De grandes colonnades, des fenêtres entourées de sculptures naïves et des balcons aux lignes aériennes formaient un surprenant contraste avec le ciel gris et la pluie typiquement britannique.

Emily Stanley les attendait pour les conduire au grand salon, un véritable musée où étaient exposés plus de deux cents tableaux allant des primitifs flamands à Modigliani. Aucun meuble qui ne fût authentique, avec une prédilection pour les époques de Jacques Ier, de Louis XIV et de Philippe II d'Espagne.

— Accepteriez-vous du thé?

— Un whisky pour le superintendant et rien pour moi, répondit Higgins qui ne pouvait décemment avouer qu'il était le seul sujet de Sa Majesté à détester le thé.

Scott Marlow fut sensible à cette marque d'amitié bien nécessaire dans une ambiance aussi glaciale.

— Magnifiques tableaux, jugea Higgins.

Scott Marlow n'aimait que l'art victorien et les portraits de la reine Elisabeth II, la plus belle femme du monde, dont il espérait assurer un jour la protection rapprochée. Pour y parvenir, il fallait mener une carrière impeccable et ne pas commettre le moindre faux pas. Cette affaire Stanley se présentait comme un piège redoutable d'où Higgins et lui-même pouvaient ressortir brisés. Le superintendant aurait volontiers donné une année de solde en échange de l'assurance de sortir au plus vite de cette demeure et de confier l'affaire à quelqu'un d'autre.

— Mon mari aimait beaucoup la peinture.

— Il l'aime toujours, madame Stanley. Il n'est pas mort.

Elle inclina la tête de côté, comme un oiseau blessé.

— Pardonnez-moi. Ce drame me fait perdre la raison.

Emily Stanley était une femme blonde, très douce, qui ressemblait à l'actrice Grace Kelly. A son indéniable charme, elle ajoutait une classe naturelle qui la rajeunissait. Au cou, elle portait un surprenant bijou, un collier de perles vertes qui faisait partie des parures les plus appréciées par les femmes de la tribu des Dogons.

— D'après miss Edmunds, dit Higgins, le drame s'est produit le jour de l'anniversaire de votre mari.

— C'est exact. Comme chaque année, il avait renvoyé les domestiques pour ne garder que nous quatre. « Ses quatre femmes », comme il nous appelle. Nous devons le servir, lui préparer les repas, l'écouter. Archibald tient beaucoup à ce petit rituel; nous sommes obligées de nous supporter et de faire bonne figure.

— Entre vous, les relations ne sont donc guère amicales.

— Détestables.

Scott Marlow accueillit cette affirmation avec scepticisme.

— Archibald Stanley et sa mère s'entendaient-ils?

— Je n'ai rien à dire sur Victoria; mon devoir consiste à la respecter.

— Que vous détestiez la maîtresse de votre mari, continua Higgins, rien de plus normal, mais votre fille?

— Je voulais un fils, Archibald une fille. Il a gagné, comme d'habitude. Dès que Barbara est née, il me l'a enlevée pour la confier à des nourrices et des préceptrices. En réalité, ma fille et moi ne nous connaissons pas ; nous sommes totalement étrangères l'une à l'autre. Quand elle était petite, je la voyais de temps à autre. Ce fut une souffrance atroce qui m'a presque poussée au suicide. Le jour de ses huit ans, Barbara m'a déclaré que j'étais moins intelligente que son père et qu'elle était bien heureuse d'être indépendante. Mon cœur s'est déchiré. Je suis sans doute une très mauvaise mère mais je n'ai plus été capable d'aimer ma fille ; d'elle, je ne sais presque rien sinon qu'elle est une brillante intellectuelle et qu'elle suit la voie triomphale des études supérieures. Elle finira sans doute ministre.

— A moins qu'elle ne soit criminelle, objecta Scott Marlow et qu'elle ne finisse en prison.

— Barbara, tirer sur son père...

Emily Stanley demeura évasive.

— Dans ce rôle, suggéra Higgins, vous verriez plutôt Laurie Warner.

— C'est une fille intelligente et brillante. Je comprends qu'un homme comme Archibald ait été fasciné par elle. J'aime mon mari et je ne peux que détester celle qui me l'a pris. Pourquoi l'aurait-elle tué ? Je souhaite qu'elle soit coupable et termine ses jours en prison. Mais voilà longtemps que je ne crois plus aux miracles. Et puis Laurie me fait peur... je suppose qu'elle dissimule sa vraie personnalité.

— Quand on a tenté de tuer votre mari, interrogea Higgins, qui se trouvait dans la maison ?

— Nous quatre, inspecteur.

— Personne d'autre, vous en êtes sûre ?

— Certaine. Archibald avait bloqué électriquement toutes les issues depuis son bureau. Impossible d'entrer ou de sortir.

— Merci de votre franchise.

— Les trois autres vous l'auraient dit comme moi.

— Appréciez-vous les conséquences de votre déclaration à leur juste valeur ?

— C'est clair, il me semble : l'une de nous quatre a tenté de tuer Archibald Stanley.

CHAPITRE V

— Votre mari a-t-il rédigé un testament ?
— Oui, inspecteur.
— En connaissez-vous la teneur ?
— Chacune de ses quatre femmes en possède une copie. Aucune n'est lésée. Comme les trois autres, j'hérite d'une fortune colossale. Bien entendu, ma belle-mère, ma fille et moi-même attaquerons Laurie Warner. La morale l'exige.
« Avec les seuls cadeaux qu'il nous offre pour son anniversaire, ajouta-t-elle, nous n'avons aucun souci matériel : un nouveau compte en banque chaque année, une nouvelle voiture, des bijoux, des fourrures, un billet d'avion pour des voyages aux Bahamas ou en Polynésie et quelques autres babioles... n'importe qui, en échange, accepterait de préparer un repas de fête et de servir à table.
— Qu'exige-t-il d'autre ?
— Que nous soyons auprès de lui, toutes les quatre, détendues et que nous l'écoutions raconter ses mille et un exploits financiers, avec une insistance particulière sur les faillites de ses concurrents

et la médiocrité des hommes politiques de tout bord qu'il parvient à corrompre chaque jour davantage pour le simple plaisir du jeu. L'important, répète-t-il sans cesse, est que le bon peuple continue à croire qu'il choisit ceux qui le gouvernent sans comprendre qu'il est complètement conditionné. Pendant ce temps-là, les financiers continuent à tirer les ficelles et à manipuler chefs d'État et ministres comme des pantins. Même les révolutions n'effraient pas Archibald. Au contraire, elles l'excitent. Sur les ruines d'un régime, prétend-il, il y a des fortunes à faire. Les gouvernements passent, l'argent demeure. Et comme personne ne peut régner sans lui...

— Pourquoi acceptez-vous d'être ainsi traitée?

— Archibald ne m'a pas donné le choix. Il ne le donne jamais. Il ne prend pas en traître non plus : j'étais prévenue. Il ne continuerait à me considérer comme son épouse qu'à la condition de m'éloigner. En nous rencontrant une fois par an, lors de son anniversaire, nous demeurons un couple exceptionnel.

Pour Scott Marlow, la conclusion était évidente : ce Stanley était un fou dangereux qui aurait dû être interné depuis longtemps. A bout de nerfs, les quatre femmes avaient comploté et pris la décision compréhensible, quoique condamnable, de l'exécuter.

Une vieille chienne, qui se déplaçait avec peine, vint humer le pli impeccable du pantalon de Higgins. Ce dernier lui caressa doucement le sommet de la tête et obtint en récompense un regard reconnaissant.

— Archibald est le seul mâle du domaine, indiqua Emily. Même les animaux sont femelles.

— A-t-il peur des hommes ?

— Peur, lui ? Non, c'est un sentiment qu'il ignore. Il ne craint pas les hommes, il les hait.

— Une raison précise ?

— Il les connaît trop bien, sans doute.

— Pourquoi les femmes trouvent-elles grâce à ses yeux ?

— Il ne les aime pas davantage mais il est heureux de réunir une fois l'an son harem, comme un potentat oriental.

— Ne disposiez-vous d'aucune fortune personnelle ?

— C'est bien pis, inspecteur : je suis une aristocrate ruinée. Mon pauvre père a cru au mirage africain et englouti toute sa fortune dans des mines qui n'ont jamais existé. En me mariant au richissime Archibald Stanley, il échappait au désastre.

— Comment croire que vous éprouvez encore de l'affection pour votre mari ?

Son regard prit une expression rêveuse.

— Quand je l'ai vu pour la première fois, il m'a éblouie. Archibald était un très bel homme et il l'est resté ; de sa personne émane un véritable magnétisme qui vous attire de façon irrésistible. Chacun de ses gestes est l'expression d'une puissance que l'on ressent dangereuse mais qui fascine. Quant à son intelligence, elle est éblouissante. A l'époque où il vivait encore dans ce monde, il écrasait ses interlocuteurs ; peut-être n'avait-il d'autre choix que de dialoguer avec lui-même. Je l'ai aimé passionnément et je l'aime encore. Je m'en veux de n'avoir pas su le garder, d'avoir cédé ma place à cette Eurasienne qui me vole mon bonheur. Si près et si loin d'Archibald, je suis plus emprisonnée qu'elle ; je ne manque de rien, certes, mais lui me manque.

— Pourquoi ne pas refaire votre vie ?

— D'une part, je n'en ai pas envie ; d'autre part, Archibald m'en empêcherait. Je suis sa femme et le resterai ma vie durant. Il n'a jamais rien perdu, pas davantage un être qu'un objet.

Emily ne se maquillait pas. Elle se contentait d'une beauté naturelle, très pure, qui n'avait besoin d'aucun artifice ; les traits réguliers de son visage solaire cachaient pourtant une tristesse qui semblait maîtrisée, une blessure refermée depuis longtemps, une cicatrice dont il ne subsistait qu'une ombre impalpable. Le collier de perles vertes accentuait la douceur de ses expressions.

— J'ai le sentiment que vous me cachez quelque chose d'important.

Elle regarda Higgins avec grande attention, comme si elle le découvrait.

— Vous êtes un homme redoutable, inspecteur.

— Je cherche la vérité. Peut-être la criminelle a-t-elle échoué. Si Archibald Stanley survit, elle recommencera ; il me faut donc l'identifier au plus vite. C'est pourquoi j'attends de chacune d'entre vous la plus complète sincérité.

Scott Marlow jugea bon d'intervenir.

— Démarche superflue si les quatre témoins sont complices.

Emily Stanley sembla douloureusement surprise.

— C'est la seule hypothèse que vous pouvez exclure! Toute alliance entre nous est impossible.

— Le bijou que vous portez m'intrigue, avoua Higgins. N'est-il pas d'origine africaine?

Elle sourit avec une tendresse qui émut l'homme du Yard.

— Si, inspecteur. Il provient de la boucle du Niger où vivent des guerriers paysans, les Dogons. Cette parure est celle du génie de l'eau dont le pouvoir, qui est aussi celui de la parole fluide, est détenu par les femmes. Il s'agit d'un objet sacré que je ne devrais peut-être pas montrer.

— Il vous sied à ravir.

Scott Marlow s'étonnait du mutisme de Higgins sur un point précis et fondamental. Comme l'ex-inspecteur-chef n'abordait pas le sujet, le superintendant monta au créneau.

— Qui a découvert le crime?

— C'est moi. Archibald était toujours très ponctuel. Nous nous trouvions toutes les quatre dans la salle à manger; deux minutes après dix-neuf heures trente, sa mère s'est inquiétée. Elle croyait à un malaise. Barbara s'est moquée d'elle, comme d'habitude. Laurie est demeurée indifférente. Je me suis acquittée de la corvée et me suis rendue à son bureau.

— Saviez-vous que votre fille avait d'abord déclaré que c'était elle qui avait vu la première le corps de son père?

— Je l'ignorais.

— Ensuite, elle a déclaré que c'était vous.

— Elle a dit la vérité, c'est moi qui suis entrée la première.

— Pourquoi Barbara s'est-elle comportée ainsi ?

— Sans doute souhaitait-elle m'épargner des ennuis.

— Est-ce bien son style ?

— Non, admit Emily Stanley. Mais je la connais si mal ! Pourquoi une fille n'éprouverait-elle pas des élans d'affection pour sa mère dans des circonstances difficiles ?

— Emmenez-nous jusqu'à ce bureau et relatez-nous les faits, exigea Scott Marlow.

CHAPITRE VI

Scott Marlow conduisit la Bentley avec prudence. Il commençait à connaître la route mais, dans cet univers bizarre, mieux valait ne courir aucun risque.

— Logerez-vous ici ? demanda Emily Stanley.

— A deux kilomètres environ de chez vous, répondit Higgins.

— Dans le pavillon de chasse ? En ce cas, ne sortez surtout pas la nuit. Tout près, il y a un marigot où prospèrent des crocodiles. D'ordinaire, ils s'entretuent ; ceux-là ont conclu une alliance. Si vous tombiez dans l'eau, vous n'en ressortiriez pas vivant.

— Existe-t-il d'autres pièges du même genre ? s'inquiéta Scott Marlow.

— Je ne crois pas.

La Bentley garée devant le perron, le trio pénétra dans la forteresse où l'accueillit miss Edmunds.

Higgins et Marlow, guidés par l'épouse de la victime, parcoururent un immense couloir dont les murs étaient ornés de tableaux bucoliques vantant les charmes de la campagne anglaise. Il desservait un nombre considérable de pièces, bibliothèques, salle de musique, salons et chambres, et aboutissait à une porte en chêne massif équipée d'un heurtoir en forme de tête de lion.

— Son bureau, indiqua-t-elle. J'ai signalé ma présence grâce au heurtoir. Il n'a pas répondu. J'ai frappé plusieurs coups, sans succès. Je me suis résignée à entrer sans y être invitée.

Elle ouvrit.

Scott Marlow avait la gorge serrée. Une atmosphère de meurtre imprégnait encore cet endroit.

La vision du bureau le déçut. C'était une pièce assez petite qui ressemblait à une cellule de moine. En guise de mobilier, un bureau en bois blanc avec des tiroirs pour le classement des dossiers, un fauteuil au dossier droit et un téléphone plutôt ancien. Murs blanchis à la chaux et dallage de grès accentuaient l'austérité de l'endroit.

Derrière le fauteuil, une photographie dans un cadre accroché au mur. On y voyait un avion, une dépouille de lion et trois hommes. Higgins parut captivé par le document. Scott Marlow se précipita sur deux superbes revolvers posés sur le bureau.

— Qu'est-ce que c'est?

— Les armes du crime, répondit Emily Stanley avec sérénité.

— Vous voulez dire...

— Archibald était étendu sur le ventre, le dos ensanglanté. A un mètre de lui, environ, il y avait ces deux revolvers. Je les ai ramassés. Ils sont encore là où je les ai placés.

— Par conséquent, vos empreintes figurent sur la crosse.

— Je n'y avais pas songé. Ce fut un simple réflexe.

— Qui sont ces personnes, sur la photo? demanda Higgins.

— A gauche, près de l'hélice, mon père, en costume d'aviateur; en Afrique, c'est toujours lui qui pilotait notre avion privé pendant les grandes chasses. Au centre, en habit militaire et avec un casque colonial, Archibald. A sa gauche, l'homme qui porte une casquette de tweed et des pantalons de golf, c'est son père.

— A quelle date fut pris ce cliché?

— Un mois avant notre mariage.

— Vous trouviez-vous en Afrique?

— Oui. La mère d'Archibald également. Mon père avait organisé une formidable chasse au lion et à l'éléphant pour donner du caractère à nos fiançailles.

Une étrange tristesse emplit à nouveau les yeux d'Emily Stanley.

— Puis-je me retirer, inspecteur? En l'absence des domestiques, il m'appartient de prévoir le déjeuner.

— Ne vous souciez pas trop pour nous.

— Il est agréable d'avoir des hôtes, même s'ils vous soupçonnent de meurtre.

Emily Stanley s'était exprimée sans aucune agressivité. Elle sortit du bureau avec l'élégance mélancolique des femmes de Watteau.

Scott Marlow empoigna les revolvers et les brandit.

— Nous tenons les armes du crime ! J'en suis sûr.

— Vous n'auriez pas dû y mettre vos empreintes.

Stupéfait de sa propre bévue, Marlow reposa les précieux objets sur la table.

— Avec les méthodes modernes d'analyse, s'excusa-t-il, ça n'a pas grande importance.

— Ces objets ne vous apprendront pas grand-chose, mon cher Marlow. Ils ressemblent aux fameux colts fabriqués par le sculpteur new-yorkais Louis Tiffany. Argent massif et finition parfaite.

— Peu importe leur qualité artistique ! Nous sommes sûrs de deux faits : les tueuses étaient deux et la victime les a vues. S'il peut parler, l'affaire sera vite résolue.

— Je ne partage ni vos certitudes ni votre optimisme. La position du corps, à supposer que la description donnée par Mme Stanley soit exacte, indique que son mari a été abattu par derrière. Si une seule femme a tiré avec un revolver dans chaque main, elle a été moins précise qu'avec une seule arme. C'est peut-être ce qui a sauvé la vie du financier.

Les notions balistiques de Higgins frisaient le ridicule ; elles s'apparentaient davantage à la mystique qu'à la science. Marlow tenait le bon fil et il entendait bien ne pas le lâcher.

— Il faut immédiatement vérifier si les balles proviennent bien des canons. Je descends les chercher au bloc opératoire.

Pendant l'absence du superintendant, Higgins examina de nouveau la photographie en noir et blanc. Le père d'Emily Stanley était un robuste gaillard qui semblait très sûr de lui et vaguement méprisant. Il avait, dans le regard, un je-ne-sais-quoi de peu sérieux, tel un méchant gamin venant de commettre une farce cruelle. Archibald Stanley était tout à fait semblable au quinquagénaire qui luttait contre la mort. Quant à son père, échalas maigre et nonchalant, il possédait un regard d'une dureté presque minérale qui démentait son attitude décontractée en apparence. Comment faire parler ces portraits, comment leur arracher une vérité susceptible d'éclaircir la situation ? Emily s'était presque enfuie avant que Higgins ne la questionnât sur les deux hommes qui avaient accompagné Archibald Stanley dans ses chasses africaines.

Le cadre semblait légèrement décalé par rapport aux marques imprimées sur le mur. Quelqu'un l'avait déplacé sans parvenir à le remettre dans sa position d'origine. Higgins, utilisant un mouchoir, le décrocha et aboutit à une autre constatation : on avait fait glisser la photographie hors du cadre. Cette dernière était écornée.

Mais avait-on bien restitué le document d'origine ou lui avait-on substitué une autre photographie ? Cette seconde solution paraissait plus satisfaisante. Restaient à découvrir l'auteur de la manipulation et ses motivations.

Un mouchoir à la main, le superintendant entra en trombe dans le bureau, se précipita sur les revolvers et y introduisit les balles.

— Aucun doute, conclut-il. Ce sont bien les armes du crime. J'appelle le labo.

— Aux revolvers, vous ajouterez le cadre et la photo.

— Vous vous rendez compte, Higgins ? L'assassin a peut-être signé son crime ! Je vais exiger des résultats ultra-rapides.

— Décrivez-moi donc ces redoutables objets.

— Eh bien... les crosses sont splendides et...

— Continuez, continuez, demanda Higgins à voix basse, tout en progressant sans bruit vers la porte du bureau.

Le superintendant évoqua les canons, le bel équilibre des armes, leur style.

L'ex-inspecteur-chef ouvrit brusquement et se retrouva face à une personne pliée en deux, l'oreille collée à la serrure.

— Vous nous écoutiez ? demanda-t-il à Victoria Stanley.

CHAPITRE VII

La vieille dame se redressa avec une surprenante vivacité.

— J'ai fait tomber une... et puis assez de mensonges ! Oui, je vous épiais. Je veux savoir ce que vous préparez contre nous.

— Pourquoi cette hostilité à notre venue ?

— Je n'ai jamais aimé la police. Elle me fait peur.

— Il va pourtant falloir nous supporter.

— Que comptez-vous faire ?

— Trouver l'assassin, madame Stanley.

— Ou *les* assassins, ajouta Scott Marlow.

— Vous osez me soupçonner ?

— Vous me paraissez assez vigoureuse pour manier une arme à feu, observa Higgins.

— Je possède une excellente santé. Les personnes de ma génération sont en acier trempé.

Higgins ne pouvait prétendre le contraire. La mère d'Archibald Stanley ressemblait un peu à Mary. Comme elle, Victoria avait traversé deux guerres mondiales, plusieurs crises économiques et un nombre incalculable de tragédies, telles que la perte de la coupe Davis ou les défaites du Quinze de la Rose, avec une inaltérable confiance en Dieu et en l'Angleterre.

— Entrez, madame Stanley. Nous serons tranquilles, à l'intérieur de ce bureau.

Méfiante, la vieille dame regarda dans le couloir avant d'accepter l'invitation de Higgins.

— Je croyais que vous vous trouviez dans votre ferme.

— Version officielle pour détourner l'attention, inspecteur. En réalité, je veille. Si je ne m'occupais pas de tout, cette maison irait à vau-l'eau.

Victoria Stanley fut prise d'une violente colère.

— Il faut venger mon fils et tout de suite ! Celle qui a tenté de le tuer doit être décapitée, comme autrefois. S'il le faut, je tiendrai la hache. Et après, je brûlerai le corps de cette sorcière et disperserai les cendres au vent.

Higgins vérifia un détail qu'il avait noté au passage avec un relatif degré d'incertitude : la mère d'Archibald Stanley portait bien des gants couleur chair. Victoria ne manqua pas de remarquer le coup d'œil de l'ex-inspecteur-chef.

— Je ne les quitte jamais. C'est un bon moyen pour ne pas être en contact avec l'impureté du monde.

La vieille dame jeta un regard au mur nu, derrière le fauteuil de son fils.

— Pourquoi avez-vous ôté la photographie ?

— Nécessité d'expertise. Vous y teniez ?

— Mon fils y tenait. Des souvenirs.

— De quel ordre ?

— De famille. Ça ne vous regarde pas. Occupez-vous d'arrêter la meurtrière.

Higgins montra les deux revolvers à Victoria Stanley.

— Les connaissez-vous ?

— J'ai horreur des armes à feu.

— Si vous répondiez à mes questions ?

La vieille dame parut contrariée.

— La police ne changera jamais ses méthodes. Vous êtes d'une brutalité !

Les yeux de Higgins devinrent sévères. Victoria comprit qu'elle ne devait pas trop jouer avec ses nerfs.

— Mon fils possède une collection de pistolets, de revolvers et de fusils anciens.

— Un adepte de la chasse ?

— Chacun ses lubies. Moi, c'est l'exactitude ; admirez cette merveille !

Elle sortit de son gousset une petite montre en or entourée de brillants.

— Un chef-d'œuvre d'horlogerie. C'est la montre la plus précieuse du monde ; grâce à elle, je m'amuse à tout chronométrer.

— Magnifique travail, admit Marlow brusquement intéressé. Qui a découvert la tentative d'assassinat ?

— Ma belle-fille.

— A quelle heure ?

— Elle a quitté à 19 h 32 la salle à manger où

nous attendions Archibald à 19 h 30. Le temps de parcourir le couloir, de découvrir le corps, de revenir en courant... il était 19 h 36. Intéressant, non ?

Le superintendant aurait aimé tirer une conclusion décisive de ces précisions, mais laquelle ? Higgins ne lui vint pas en aide. Il ne prit même pas de notes sur son carnet noir.

On frappa à la porte. Higgins ouvrit.

— État stationnaire, déclara Mme Alconbury. Chaque minute gagnée devrait renforcer l'espoir mais une nouvelle hémorragie s'est déclarée ; nous avons pu l'enrayer mais les progrès vers une éventuelle survie ont été anéantis. Désolée : je crois de mon devoir d'être sincère. Je retourne au chevet d'Archibald Stanley.

La chirurgienne se retira. La vieille dame demeura impassible comme si cette mauvaise nouvelle ne l'affectait pas.

— Mon fils va mourir.

Higgins s'approcha d'elle et l'interrogea sur le ton de la confidence.

— Qui a tenté de l'assassiner ?

— Si je le savais, je le dirais.

Victoria Stanley jeta un œil dans le couloir et referma avec soin la porte du bureau.

— Redoutez-vous d'être épiée ?

— Avec la racaille qui traîne dans les parages, ça ne m'étonnerait pas.

Marlow sourcilla. Le terme lui parut excessif.

— A qui faites-vous allusion ?

Une lueur méchante anima les yeux de la vieille dame. Un rire nerveux la secoua. Sa main gauche, victime d'un tic, se mit à trembler. La voix devint rauque, inquiétante.

— La racaille... une racaille meurtrière!

CHAPITRE VIII

— Il y a cette imbécile d'Emily, continua Victoria Stanley. Je me demande encore pourquoi mon fils a épousé une telle dinde. Sa beauté, sa fameuse beauté ! Quelle blague... est-ce que je me préoccupais de ma beauté, moi ? La malheureuse Emily admire son mari comme une statue inaccessible qu'elle a fini par haïr. Archibald ne veut pas divorcer car il a des principes, comme moi. Par bonheur, il l'a éloignée et je ne suis pas obligée de la supporter. Dès qu'elle ouvre la bouche, elle m'énerve. Cent fois, j'ai songé à lui tirer dessus.

— Vous ne détestez pas les armes à feu ? s'étonna Higgins.

— Mais si ; c'est pourquoi je ne l'ai pas fait. Je le regrette, croyez-moi ! A quoi sert l'existence d'une Emily ? Une bouche inutile, un cerveau vide... pas comme cette garce de Laurie Warner. Elle n'est pas bête, l'intrigante. Je m'en méfie. Elle se fait passer pour un bibelot précieux et fragile mais c'est pour mieux tromper son monde. Les femmes, je les connais. Celle-là est une menteuse et une truqueuse.

— Avez-vous des preuves?

— Ma parole ne vous suffit pas? Toujours à la recherche de preuves, de faits et d'indices, dans votre police! C'est dans la tête des gens qu'il faut chercher la vérité, inspecteur, pas ailleurs.

Victoria Stanley redressa le menton avec un air conquérant.

— Vous ne parlez pas de votre petite-fille.

La question parut gêner la vieille dame.

— Barbara n'est pas une personne ordinaire. A vingt-cinq ans, elle a déjà un goût prononcé pour les affaires. A son âge, je préférais danser et m'amuser. Il ne faut pas être sérieuse si jeune; cette petite travaille trop. Je n'ai rien contre l'ambition mais elle n'en a pas besoin à ce point-là.

— Évoquez-vous l'héritage?

— Quel scandale... mon fils, mon fils unique qui partage sa fortune en quatre! Je me battrai et j'attaquerai son testament, sachez-le! Je l'ai prévenu mais il est aussi têtu que moi. Il devrait tout de même admettre que je suis la seule à le comprendre.

— Pourquoi cette certitude?

— Parce que sa femme, sa fille et sa maîtresse le méprisent autant qu'elles l'aiment. Elles le jugent excentrique et asocial, se sont habituées à son comportement sans l'admettre. Moi seule n'ai rien à lui reprocher. Ce qu'il a fait, il l'a bien fait. De mon existence, je ne lui ai pas adressé un seul reproche. Savez-vous qui est Archibald Stanley?

Un génie. Le plus grand génie de la finance. Il tient le monde entre ses mains; s'il ne désire plus voir personne, c'est que personne n'est digne de lui. Il sent que je le protège même si nous n'avons que peu de conversations. Archibald est trop occupé, il travaille sans cesse. C'est indispensable pour demeurer au sommet; moi, sa mère, je me sacrifie pour lui.

Des sons aigrelets interrompirent la vieille dame. Le *God save the king* s'égrena lentement.

— Ma montre, expliqua-t-elle. C'est aussi une boîte à musique. Cette mélodie signifie que notre entretien a assez duré. Navrée, messieurs : je dois vous quitter.

— Un instant, pria Higgins. Pourriez-vous me parler de votre mari?

Victoria Stanley se renfrogna. Son front se rida et elle devint presque laide.

— Il est décédé depuis longtemps. On ne parle pas des morts; sinon, ça porte malheur. Ils doivent demeurer dans le silence.

— Saviez-vous que votre petite-fille m'avait écrit à deux reprises?

Une authentique rage s'inscrivit sur le visage de la vieille dame.

— C'est une provocation. Si elle avait agi aussi stupidement, je le saurais. N'oubliez pas une chose, inspecteur : je suis au courant de tout. De tout.

Le *God save the king* s'arrêta.

— Je n'ai pas l'habitude de pratiquer ainsi, précisa Higgins. Barbara m'a effectivement écrit. Elle redoutait une agression contre son père. Puisque vous savez tout, quelle était l'origine de cette crainte?

Victoria Stanley comprit que Higgins ne plaisantait pas. Elle s'affola.

— Barbara a perdu la tête, elle aussi... faire venir Scotland Yard chez nous, se fier à une simple impression : c'est insensé!

— « Elle aussi », dites-vous. Qui d'autre a perdu la tête?

— Je ne sais plus... un mot comme un autre. Mon fils avait des milliers d'ennemis, des milliards d'adversaires : la terre entière. Qui ne le jalousait pas?

— Mais il n'y avait que quatre femmes dans la maison au moment où on a tiré sur Archibald Stanley, rappela Scott Marlow.

La vieille dame considéra le superintendant avec une mine fatiguée.

— Je suis très lasse. Ce drame m'épuise. Me torturer ne vous avancera à rien.

Si ce témoin n'avait pas été aussi âgé, Scott Marlow aurait volontiers employé des méthodes un peu plus rudes. Il possédait à présent l'intime conviction que Victoria Stanley était l'instigatrice et l'organisatrice du crime; les trois autres femmes n'avaient pas osé lui résister. Sans doute disposait-elle de moyens de chantage qui contraignaient ses victimes à lui obéir. « Cherchez la femme », proclamait un proverbe dû à la police française. Pour une fois, elle ne s'était pas trompée.

Higgins achevait de prendre des notes.

— Puis-je me retirer? demanda la vieille dame, soudain amadouée.

— A très bientôt.

Elle sortit sans faire de bruit, avec la légèreté d'un oiseau. Étrange personnage, tantôt brutal, tantôt fragile. Sans doute mentait-elle avec un art consommé et ne redoutait-elle ni Dieu ni diable. Elle appartenait à cette race de grandes criminelles qui bravaient la loi avec un sang-froid que possédaient bien peu d'hommes. Obtenir des aveux circonstanciés serait difficile, voire impossible ; même sauvé, Archibald Stanley accepterait-il de reconnaître que sa propre mère avait tenté de l'assassiner ? Une preuve formelle, voilà ce qu'il fallait trouver. Une preuve qui démontrerait la folie criminelle d'une mère indigne.

Higgins, très sombre, réfléchissait en donnant de petits coups de crayon sur le dos du carnet noir.

— D'après les Dogons, révéla-t-il, la mort violente est la conséquence de la rupture d'un interdit. La victime, en brisant une harmonie, est devenue impure. Elle doit périr parce qu'elle a commis une faute contre la règle. Quelle règle Archibald Stanley a-t-il violée ?

Scott Marlow ne se sentait guère d'affinités avec la mystique africaine où Higgins risquait fort de s'égarer.

— Nous devrions interroger Barbara Stanley de manière plus approfondie, proposa le superintendant. Si la mère refuse d'avouer, la fille acceptera peut-être.

CHAPITRE IX

Miss Edmunds attendait les deux policiers à l'extrémité du couloir.

— Puis-je vous être utile, messieurs?

— Nous aimerions nous entretenir avec Mlle Stanley, dit Marlow.

— Elle travaille. Je ne sais pas si je peux la déranger.

— Nous enquêtons sur une tentative de meurtre, miss Edmunds. Cette démarche nous autorise à déranger les personnalités les plus occupées.

Vexée, l'employée-chef d'Archibald Stanley conduisit Higgins et Marlow jusqu'au domaine de Barbara. Dans l'aile droite de l'énorme bâtisse avaient été aménagées une dizaine de pièces encombrées de machines modernes, d'écrans de contrôle, de claviers automatisés et d'autres inventions ultra-modernes.

Scott Marlow était fasciné par la technologie de pointe. Selon lui, elle donnerait à la police une capacité d'investigation scientifique qui mettrait fin au crime parfait. Ressentant un merveilleux bien-être, il sortait de l'enfer pour entrer dans un univers raisonnable, tout entier tourné vers le progrès.

Au fond d'un immense bureau, Barbara Stanley téléphonait. Sur sa table de travail en marbre, quatre téléphones de différentes couleurs et des piles de dossiers. La jeune fille s'était changée ; elle portait à présent un corsage de soie vert et une jupe noire plissée qui lui allaient à merveille ; boucles d'oreille, bracelets, clip en or lui donnaient l'allure d'une femme d'affaires comblée et désireuse d'étaler sa richesse. Un rapide coup d'œil suffisait pour constater que ces bijoux de très grand prix étaient authentiques et que, parmi eux, figurait une rareté : une émeraude de bonne taille d'un vert très brillant.

— Asseyez-vous, ordonna sèchement Barbara Stanley. Je m'occupe de vous dans une seconde.

Scott Marlow obéit. Higgins se promena dans cette salle de machines qui ne correspondait guère à ses goûts. La jeune fille répondait par « oui », « non », « vendez », « attendez », « transférez » à son correspondant, homme d'affaires ou banquier. Dès qu'elle raccrocha, un autre téléphone sonna.

— Si vous voulez un verre, dit-elle au superintendant, servez-vous. Le bar est sur votre gauche. Sans domestiques, la vie est impossible.

Marlow ne voulut pas se montrer impoli. Il se versa un verre d'Aberlour Glenlivet, sans cesser d'admirer l'activité débordante de Barbara Stanley. Une jeune personne aussi résolument engagée sur la voie du progrès ne pouvait avoir sombré dans les ténèbres du crime ; si les circonstances avaient été plus favorables, le superintendant aurait volontiers demandé quelques renseignements techniques qu'auraient utilisés les services compétents du Yard.

Barbara Stanley reposa le combiné. Le silence des téléphones parut la surprendre.

— Une minute de repos, enfin... pardonnez-moi, messieurs, mais le travail n'attend pas.

— Vous témoignez d'un surprenant courage, observa Higgins. Votre père se trouve aux portes de la mort et vous traitez des affaires comme si de rien n'était.

Le joli visage de Barbara se durcit.

— Ma peine et mon angoisse ne concernent que moi. Si j'agis ainsi, c'est précisément par respect pour lui. Regardez ce document.

Un téléphone sonna. La jeune femme eut le temps de présenter à l'ex-inspecteur-chef un ordre de mission signé par Archibald Stanley; en cas d'incapacité grave, physique ou mentale, il rendait sa fille responsable de la gestion temporaire de ses biens. Elle pouvait donner des directives et déployer des stratégies limitées conformément aux instructions qu'il lui avait communiquées auparavant. Elle s'adressa à son correspondant avec agressivité.

— Il n'en est pas question. Apprenez d'abord votre métier. Si cet argent n'est pas rentré à notre banque de Hong-Kong demain matin, vous êtes renvoyé.

Elle raccrocha, énervée.

— Un document similaire a été remis à miss

Edmunds, précisa-t-elle. Je ne m'amuse pas et ne prends pas la place de mon père. Je m'en tiens à ses volontés. C'est le moins que je puisse faire pour lui ; vous verrez, il s'en sortira.

— Pour une si jeune femme, s'inquiéta Higgins, vos qualifications techniques semblent très étendues.

Elle se détendit un peu.

— J'ai eu le bonheur de réussir vite dans mes études. Voilà cinq ans que j'approfondis l'économie et la finance à Oxford.

— La théorie, certes, mais la pratique ?

Elle sourit, à la fois amusée et carnassière.

— Vous êtes perspicace, monsieur Higgins. Seriez-vous un expert en matière de finances ?

— Je crains de vous décevoir, mademoiselle, mais c'est un domaine auquel je n'entends rien. Je sais seulement que les professeurs d'économie qui dirigent des pays ou des entreprises les conduisent très vite à la faillite ; c'est pourquoi je ne crois guère à l'efficacité de l'enseignement.

A cette réserve s'ajoutait le fait qu'Oxford, pour un ancien de Cambridge, était un pays ennemi avec lequel aucun pacte ne devait s'envisager.

— Vous avez raison. Si je peux suppléer mon père quelques jours, c'est à cause des cours particuliers qu'il me dispense une fois par semaine, tout au long de l'année. Pendant deux heures, le dimanche matin, il m'initie aux véritables secrets. Pétrole, matières premières, or, manœuvres boursières, investissements à hauts risques, achats de sociétés, prises de participations... voilà quelques-uns des domaines que nous abordons, sans oublier les noms des vrais dirigeants, leurs manies, la manière de les aborder, la stratégie à employer, parfois dans l'ombre, parfois en pleine lumière. La finance est le nerf de la guerre, dit-on ; en réalité, c'est la guerre elle-même. C'est sur ce terrain-là que se gagnent les grandes batailles d'aujourd'hui. Mon père fait progressivement de moi son général en chef et j'entends bien lui démontrer que je suis digne de sa confiance.

Barbara Stanley dut répondre à deux nouveaux appels, l'un en provenance de New York, l'autre de Genève. Elle consulta des dossiers avec une remarquable dextérité et donna des réponses brèves et précises à ses interlocuteurs.

— Comment se déroule votre existence à Oxford ? demanda Higgins à la faveur d'une accalmie.

— Du travail, du travail et encore du travail. Je compte obtenir le plus haut diplôme d'économie l'année prochaine.

— Je n'en doute pas, mademoiselle, mais je me préoccupais de votre vie privée.

— Suis-je obligée de vous en parler ?

— Nous vous en serions reconnaissants, le superintendant et moi-même. Une affaire aussi mystérieuse nécessite le concours de tous les témoins.

Barbara Stanley ne dissimula pas son trouble.

— Vous réclamez beaucoup. De quelle manière la connaissance de ma vie privée vous aidera-t-elle à identifier l'assassin ?

— Les voies de la vérité sont souvent sinueuses.

CHAPITRE X

— Ma vie privée est inexistante, inspecteur. Comme mon père s'intéresse avant tout à ma carrière, il m'a demandé de ne pas être une étudiante comme les autres. Le sacrifice est léger. Je n'aime pas sortir et encore moins faire semblant de m'amuser en dansant ou en écoutant une musique stupide. J'habite une magnifique maison à Oxford, dispose de plusieurs voitures, d'un chauffeur et de domestiques, monte à cheval pour me détendre. De quoi me plaindrais-je ?

Higgins, de son écriture fine et rapide prenait des notes.

— Êtes-vous surveillée ?

— Oui, inspecteur. Des détectives privés sont chargés de me protéger.

— Pardonnez-moi d'être encore plus indiscret. Vous êtes jolie, attirante...

— Des petits amis ? J'en ai eu deux. Pour respecter le contrat passé avec mon père, j'ai fait établir un dossier très complet sur eux. Il l'a étudié en détail et a repoussé l'idée même de fiançailles.

« Insuffisance de caractère, médiocrité de comportement, avenir nul » : tel fut son jugement dans les deux cas.

— L'avez-vous accepté facilement?

— J'ai réfléchi et j'ai compris qu'il avait raison. Il m'empêchait de commettre une erreur et de compromettre mon avenir pour de banales bagatelles.

— Aimez-vous l'argent et le luxe à ce point?

Elle releva une mèche de cheveux qui pendait sur son front. Les bracelets se heurtèrent dans un cliquetis d'or.

— Plus encore que vous ne l'imaginez. Avec un maître comme Archibald Stanley, pourquoi en irait-il autrement? Je serais stupide de ne pas exploiter à fond la chance qui m'est offerte. Je crois que mon père repoussera tous mes prétendants jusqu'au moment où il estimera que ma formation technique sera terminée. Se marier, avoir des enfants... c'est un idéal petit-bourgeois qui ne m'intéresse guère. Le monde qui s'ouvre devant moi est autrement passionnant.

La sonnerie du téléphone l'interrompit.

— Oui... quelles actions? Oil England International? Évidemment... Non, je confirme mon ordre... Oui, vous vendez la quantité indiquée... Comment?... Je me moque de vos commentaires. Je connais le marché aussi bien que vous. Contentez-vous d'exécuter mes ordres.

Très irritée, elle raccrocha.

— Pour une femme, difficile de s'imposer. Mais ils apprendront à me connaître.

Scott Marlow, qui s'était resservi un verre d'Aberlour Glenlivet, ressentait une admiration croissante pour cette financière de charme dont la compétence et la passion sautaient aux yeux.

Higgins prit son ton de confesseur, à la fois grave et chaleureux, qui déclenchait tant de confidences. La magie de sa voix rassurante envoûtait les plus rebelles.

— Que pensez-vous réellement de votre père ?

Barbara Stanley s'enfonça dans son fauteuil et leva les yeux vers le plafond.

— C'est un génie. Son cerveau fonctionne à une vitesse extraordinaire. Il enregistre des milliers d'informations en les classant selon une hiérarchie de valeurs qui lui permet de réussir huit fois sur dix. Il joue, si l'on veut, mais avec une telle maîtrise du hasard que ce dernier est réduit à la portion congrue. Moi seule peux comprendre ses joies et ses peines, le sens qu'il donne à sa vie. Quelle ivresse, par un simple coup de téléphone, de déplacer des milliards et d'influencer l'évolution des sociétés et des États ! Comment ma mère a-t-elle pu rester indifférente au travail de mon père ? Il déteste les mesquineries et les médiocrités ; la planète est presque trop petite pour lui. Qui n'éprouve pas la beauté de la puissance considère mon père comme un fou. C'est le cas de ma mère, je le crains.

— Et de votre grand-mère ?

— Elle aime le fils mais ne perçoit pas vraiment l'homme. Ceux qui pensent qu'il se contente de gérer un empire se trompent lourdement. Avec moi, il élabore une stratégie financière qui bouleversera les équilibres actuels. Il survivra à cet attentat parce qu'il doit survivre; son œuvre n'est qu'à moitié accomplie.

— Si je vous suis bien, estima Higgins, seul un concurrent inquiet aurait eu intérêt à se débarrasser d'Archibald Stanley.

— Si l'on m'apprenait que l'attentat était dû à une intervention des services spéciaux d'un quelconque pays, je n'en serais pas surprise.

— Malheureusement, déplora Scott Marlow, il nous faut rechercher le coupable parmi les quatre femmes invitées à son anniversaire.

Barbara Stanley ne protesta pas. Le superintendant, dépité, ne croyait plus guère à un complot auquel auraient participé les quatre criminelles. La jeune femme était trop différente de sa mère et de sa grand-mère et avait besoin de son père pour asseoir sa carrière.

— Permettez-moi de revenir sur vos lettres, dit Higgins avec bonhomie.

— La première vous a sans doute choqué mais vous auriez pu répondre à la seconde.

— Je n'en ai pas eu le temps. Un fait précis justifiait-il votre inquiétude?

— Une simple sensation, l'une de ces angoisses qui se transforme en certitude, un mauvais rêve qui prend force de réalité... je n'ai rien de mieux à vous offrir. Quand mon père a évoqué les immenses projets qu'il mettait au point, j'ai eu peur pour lui. Des pans entiers de l'économie mondiale s'effondreraient, des fortunes s'écrouleraient, des hommes politiques seraient compromis dans des scandales... Au cœur de son domaine, mon père me paraissait inaccessible et pourtant, je redoutais une agression.

— Supposeriez-vous que son épouse, sa maîtresse ou sa mère eussent été achetées par un groupe de pressions hostile à votre père?

— Ma grand-mère et ma mère, impensable... Laurie Warner, pourquoi pas? Cette fille est étrange. Elle pourrait avoir une double vie.

— Un détail m'intrigue : m'avez-vous écrit de votre propre initiative ou bien de la part de votre père?

— Je viens de vous le dire : c'est moi et moi seule...

— Je ne vous crois pas, mademoiselle Stanley. C'est votre père qui avait entendu parler de moi, pas vous. C'est lui qui se souciait de sa sécurité et vous a ordonné de me contacter. En fille obéissante, vous avez rédigé les missives; lui seul connaissait le danger.

La jeune femme croisa les mains devant elle.

— Superbe déduction, inspecteur : vous êtes réellement le plus fort. Mon père avait raison de vous faire confiance.

— Pourquoi ce mensonge?

— Pour briller à vos yeux. Est-ce un crime?

Scott Marlow pardonnait volontiers à la jeune femme. Pourquoi une criminelle aurait-elle commis l'imprudence d'attirer l'attention de Higgins?

L'ex-inspecteur-chef, à pas feutrés, s'éloigna du

bureau et marcha vers la porte du domaine de Barbara Stanley. Quand il l'ouvrit, avec délicatesse, il découvrit la mère du financier, pliée en deux et l'oreille collée à la serrure.

CHAPITRE XI

Higgins et Marlow descendirent au bloc opératoire après un décevant entretien avec Mme Stanley qui avait refusé de s'expliquer. Elle épiait, un point c'est tout. Chez elle, personne ne pouvait lui interdire de surveiller les allées et venues et de s'informer de ce qui se passait. Barbara s'était contentée de sourire. Le comportement de sa grand-mère ne la choquait pas puisqu'elle n'avait rien à cacher.

L'équipe de réanimation, sous la direction de la doctoresse Alconbury, s'affairait autour d'Archibald Stanley. L'alerte avait été plus rude que ne le prévoyait la chirurgienne.

Le superintendant fit une moue désappointée.

— Quatre balles dans le corps... aucun homme ne peut survivre.

— Archibald Stanley ne ressemble à personne.

— Ma théorie s'effondre, Higgins. Une pareille complicité est fort improbable.

— Ne renoncez pas trop tôt, mon cher Marlow.

Lorsqu'une idée s'impose avec autant de force, c'est qu'elle possède un fond de vérité.

Le superintendant fut surpris par ce conseil. L'ex-inspecteur-chef n'avait pas l'habitude de lui en donner. Approuver ses intuitions était encore plus rare.

— Mais enfin, Higgins... votre opinion est-elle déjà arrêtée ?

— Il nous manque un témoin essentiel : la maîtresse d'Archibald.

Miss Edmunds conduisit les deux policiers au premier étage, domaine de Laurie Warner, qui les accueillit avec une extrême froideur. Le corps moulé dans une robe fourreau en satin, l'Eurasienne, grande et mince, avait la beauté d'une déesse. La peau mate, les membres d'une finesse extrême, elle se déplaçait avec une souplesse féline dans un décor d'un luxe inouï. De la moquette aux tentures murales, des canapés de cuir aux chaises de style, des colonnes de marbre aux plafonds sculptés, le financier avait offert à sa maîtresse ce qu'il y avait de plus rare et de plus coûteux.

— Viendriez-vous partager ma réclusion ?

— Ne sortez-vous jamais ? s'étonna Scott Marlow.

— Jamais. C'est la règle du jeu. Je suis l'unique maîtresse d'Archibald Stanley et lui dois une absolue fidélité. Pour s'en assurer, il m'enferme.

— Avec ou sans votre consentement ?

— Avec. J'ai été recrutée par petite annonce.

— Une petite annonce ? Qu'est-ce que ça signifie ?

— Je me souviens encore du texte : « Milliardaire cherche maîtresse, trentaine, eurasienne, très belle, intelligente, cultivée, qui acceptera de vivre à ses côtés en permanence. Salaire très élevé. » Je venais d'arriver en Angleterre et n'avais pas un sou. L'expérience m'a amusée. Nous étions dix candidates et j'ai gagné.

— Beaucoup d'épreuves? demanda Higgins.

— Un nombre incalculable de tests. Sans vanité, il fallait être surdouée pour plaire à M. Stanley. De la finance à l'histoire de l'art, des échecs à Spinoza, pas question de s'effondrer dans une lacune. Je ne me suis pas énervée et j'ai répondu en fonction de mes connaissances, sans chercher à tricher. La moitié des questions, je l'avoue, m'ont laissée sèche; ensuite, il y a eu le défilé de mode, sur un podium. J'ai dû enfiler une vingtaine de robes, autant de tailleurs et de manteaux. Le bouquet final fut l'épreuve de natation individuelle, dans la piscine chauffée. Plongeon, crawl, brasse, nage sur le dos et sous l'eau... tout y est passé.

— Il... il vous observait? interrogea le superintendant, abasourdi.

— Évidemment, mais je ne le voyais pas.

— Combien de maillots de bain vous a-t-il fait essayer?

— Aucun. J'étais nue. Quelques candidates ont refusé. J'ai jugé leur attitude ridicule; il s'agissait de devenir la maîtresse de ce monsieur, pas sa secrétaire. C'est ici, dans ce salon, que je l'ai vu pour la première fois. Il m'a annoncé que j'avais gagné; de très peu, a-t-il précisé. Graves insuffisances en littérature comparée et ignorance des mécanismes boursiers. Par bonheur, ma chute de reins éclipsait toutes les autres.

Affreusement gêné, le superintendant se demanda quelle faute il avait commise pour être condamné à subir une telle damnation sur cet îlot de l'enfer. Ici s'étalaient des turpitudes que *The Sun*, pourtant amateur de scandales, oserait à peine publier.

— Archibald Stanley, poursuivit la belle Eurasienne avec décontraction, m'a proposé un contrat : la fortune contre la prison. Tout ce que je désirais à condition de ne pas sortir du domaine et de répondre à sa convocation à n'importe quelle heure du jour ou de la nuit. La tractation m'a paru honnête et séduisante. Quand on est orpheline et qu'on a passé sa jeunesse dans un bidonville d'Asie, on ne refuse pas la main tendue par le destin. Je possède sans doute la plus belle garde-robe du royaume, dispose d'un gymnase, d'une piscine chauffée, d'un salon de musique, d'une bibliothèque et de mille autres commodités du même genre. Je mange chaque jour comme une reine et le domaine est si vaste que je n'ai pas encore réussi à en faire le tour en montant à cheval. De quoi me plaindrais-je ?

— Pardonnez-moi cette indiscrétion, dit Higgins : M. Stanley est-il... très exigeant ?

— C'est un amant paisible et raffiné. Nous nous voyons une fois par mois, jamais davantage. Nous soupons vers onze heures du soir et passons la nuit ensemble. Réveil à sept heures et journée normale.

— Mme Stanley... commença Marlow qui se tenait aux accoudoirs de son fauteuil.

— Il n'y a pas de Mme Stanley, affirma-t-elle, soudain hargneuse.

— Qu'est-ce que ça signifie ?

— Je veux dire qu'elle n'habite pas ici. Nous la voyons uniquement lors de l'anniversaire d'Archibald.

— Mais ils n'ont pas divorcé !

— M. Stanley est un homme de principes.

— Qu'entendez-vous par « journée normale » ? interrogea Higgins qui, depuis le début de l'entretien, prenait des notes sur son carnet noir avec un crayon finement taillé au couteau de manière à lui donner du piqué dans l'attaque du papier.

— A sept heures, tous les jours, lever. Jusqu'à huit heures, natation, gymnastique et douche. Petit déjeuner frugal au grand salon. De huit heures trente à midi, bureau. Costume trois pièces, cravate en soie, boutons de manchettes et épingle de cravate en or. Cinq secrétaires, une par continent, qui présentent des dossiers. Comme Archibald n'a confiance en personne, il les fait vérifier par un personnel chargé d'espionner les secrétaires et par ses agents commerciaux sur place. De midi à quatorze heures, déjeuner, toujours solitaire et sieste. De quatorze heures à seize heures, il donne des ordres par téléphone. A seize heures, le thé. Pendant deux heures, préparation du travail du lendemain. De dix-huit heures à dix-neuf heures, nouvelle séance de gymnastique et de natation. A dix-neuf heures trente, dîner où il se présente toujours habillé du costume d'apparat de colonel de l'armée des Indes et porteur de toutes ses décorations. De vingt heures trente à vingt-trois heures, lecture, puis, jusqu'à minuit examen des dossiers les plus brûlants. A minuit pile, extinction des feux. La seule variante, une fois par mois, vous la connaissez. Jamais de vacances. Depuis cinq ans, il n'a pas dérogé à la règle qu'il s'est fixée et son emploi du temps n'a pas varié.

— C'est un monstre ! s'exclama Scott Marlow.

— D'autres estiment que c'est un génie. Vous-mêmes, superintendant, n'êtes-vous pas méthodique et organisé ?

— A ce point... sûrement pas !

Scott Marlow rougit légèrement, lui qui avait élu domicile à son bureau du Yard et ne sortait d'un dossier que pour entrer dans un autre.

— Archibald Stanley est un homme exceptionnel, dit Laurie Warner avec une voix nostalgique. Son coffre-fort, c'est la planète entière. Il l'ouvre et le ferme à volonté, enrichit qui lui plaît, ruine qui lui déplaît. Comment ne pas être fasciné par tant de puissance ?

— Êtes-vous heureuse, mademoiselle ? demanda Higgins.

— Quand on est riche et gavée de superflu, on ne se pose pas ce genre de question.

— Quels sont vos rapports avec Mme Stanley ?

— Inexistants.

— Et avec Mme Stanley mère ?

— Inexistants.
— Inexistants également avec Barbara Stanley ?
L'Eurasienne sourit, amusée.
— Vous avez le mot juste, inspecteur.
— Nous nous reverrons, mademoiselle.

CHAPITRE XII

Grâce à miss Edmunds, Higgins et Marlow obtinrent un bureau à l'intérieur de la demeure du maître. Le superintendant apprécia le mobilier moderne et utilisa le téléphone pour appeler Scotland Yard. Des motards viendraient au plus tôt récolter les pièces à conviction à fins d'analyse. Quand son collègue en eut terminé avec les démarches administratives, Higgins joignit son ami Watson B. Petticott à la banque d'Angleterre. Ce dernier ne rêvait que d'enquêtes et de criminels ; il n'avait jamais refusé d'aider Higgins à condition que celui-ci lui communiquât les véritables dessous des affaires dont la presse ne relatait que les aspects mineurs.

— Où te trouves-tu, Higgins ?

— Chez Stanley.

— Par saint Georges ! Tu as réussi à pénétrer dans l'antre du dragon... il faudra me décrire ça en détail. Il est mort ?

— Non, mais son état demeure critique.

— Celui de la finance mondiale également. Un

autre suicide : un banquier de Rio de Janeiro qui a jeté son avion sur une colline. L'information concernant Stanley sera-t-elle diffusée?

— Pourquoi pas?

— Un assassin extérieur à la famille... c'est à cela que tu penses?

— On a vu plus étonnant. Oil England International... que peux-tu m'en dire?

— Une énorme compagnie. La majorité des actions est détenue par Stanley.

— Si tu en possédais, les vendrais-tu?

— Sûrement pas. Elles sont à leur cours le plus bas de l'année, mais c'est un fléchissement purement technique.

— Admirable, Watson. Grâce à toi, je fais un grand pas.

Watson B. Petticott se demanda pourquoi un renseignement aussi élémentaire prenait autant de valeur aux yeux de Higgins. Cela faisait partie des mystères de l'enquête.

L'ex-inspecteur-chef, songeur, reposa le combiné. De profondes connaissances financières n'étaient pas nécessaires pour comprendre ce qui se passait. Mais la tentative de meurtre serait-elle expliquée pour autant?

Higgins constata que Scott Marlow, très pâle, épongeait avec son mouchoir une mauvaise sueur.

— Pour être franc, Higgins, je ne me sens pas bien du tout.

— Pour être sincère, mon cher Marlow, je partage votre sentiment mais nous devons mettre nos sensations de côté. Il nous faudra être très attentifs et demeurer constamment sur nos gardes.

— Supposez-vous qu'on attenterait à nos existences ?

— Dans un endroit comme celui-ci, n'importe quelle extravagance peut advenir.

— C'est une maison de fous où nous n'obtiendrons aucun résultat.

— Nous n'avons pas le choix.

Scott Marlow rêvait de son bureau du Yard et d'interrogatoires bien conduits qui mèneraient rationnellement à l'identification de coupables au profil de coupables.

— C'est votre foie qui vous donne des idées noires, jugea Higgins. Davantage d'exercice et une nourriture plus saine amélioreraient votre santé.

— J'y songerai. Vous avouez être aussi troublé que moi.

— Souvenez-vous de la mise en garde des Dogons, mon cher Marlow : tous les hommes, tous les métiers, tous les âges sont des masques. La société des masques est le monde entier.

— Vous estimez donc que ces quatre femmes mentent et dissimulent.

— Comment en irait-il autrement ? Accordons à l'une où l'autre le privilège d'agir involontairement, si vous y tenez.

— La jeune Barbara me paraît hors de cause. C'est elle qui ruine mon hypothèse d'un complot à quatre.

— Ne l'innocentez pas trop vite.

Le superintendant attendit un complément mais il ne vint pas. Inutile d'interroger Higgins, il ne répondrait pas. Les plus hautes instances du Yard, à l'époque où il était en poste, ne parvenaient pas à lui arracher le secret de ses investigations. Comme, de plus, il se montrait allergique aux rapports et à la paperasserie afin de mieux se consacrer à la rédaction de ses notes, les conflits avec l'administration n'avaient pas manqué.

Les deux policiers sortirent sur le perron. Il pleuvait.

— Il règne dans cette demeure une réelle barbarie, mon cher Marlow. Des forces maléfiques, d'une violence inouïe, s'y entremêlent. A la mort se superpose la sauvagerie.

Le superintendant frissonna. Higgins s'exprimait rarement avec autant de gravité.

— N'aurions-nous pas besoin... de renforts?

— Nous suffirons à la tâche si nous sommes prudents. Méfiez-vous tout particulièrement du marigot aux crocodiles. Quelqu'un y périra, j'en suis certain. Évitons d'être celui-là.

Scott Marlow n'était pas peureux et l'avait prouvé en maintes circonstances. Néanmoins, les avertissements de son collègue lui glacèrent le sang. Rien n'était plus terrifiant que d'avoir à lutter contre un ennemi invisible.

— Prenons votre voiture et allons jusqu'au terme de la route. J'aimerais voir l'extrémité du domaine.

Au-delà de la maison, la Bentley parcourut une dizaine de kilomètres. Elle traversa un paysage aride, désolé et rocailleux pour aboutir à une falaise qui dominait la mer. Le vent se leva et souffla avec violence.

— Il faudrait un génie de l'escalade, murmura Higgins.

— S'il réussissait, ajouta Marlow, il lui faudrait ensuite vaincre l'obstacle de la grille électrifiée et munie de systèmes d'alarme qui longe la côte.

Higgins fit quelques pas comme s'il cherchait une faille dans le dispositif de protection. Des vagues, de plus en plus puissantes, se brisaient contre les rochers. Les nuages bas descendaient vers la mer pour s'abîmer dans la grisaille qui, peu à peu, recouvrait la région.

— Seul un démon passerait par là, estima le superintendant.

— Vous avez raison, mon cher Marlow. Ce démon existe bel et bien. Mais il n'a pas usé ses forces à lutter contre la nature et les éléments, puisqu'il se trouvait déjà à l'intérieur du domaine.

CHAPITRE XIII

L'enquête s'organisait. Les motards étaient venus chercher les pistolets, le cadre et la photographie. Marlow, en accord avec le Yard, lui-même en accord avec la Couronne, avait communiqué à un journaliste du *Times* des informations sur l'état de santé de Stanley : état critique avec une espérance de survie. Sur les causes de « l'accident », aucun commentaire avant une étude approfondie des circonstances.

La doctoresse Alconbury avait manifesté une mauvaise humeur certaine lors de l'arrivée de quatre auxiliaires de police féminines dont la moins douée était tireuse d'élite et rompue à la pratique du combat de rue. Elle avoua pourtant à Higgins que son équipe et elle-même étaient heureuses d'être délivrées des tâches de sécurité. La bonne garde du malade étant assurée de façon parfaite, la chirurgienne avait l'esprit plus libre pour envisager une nouvelle opération. Malgré la fabuleuse résistance du blessé et son acharnement à survivre, le diagnostic demeurait réservé.

***

La mère du financier regarda sa montre : 13 h 43. Jamais on n'avait déjeuné aussi tard au château. Les circonstances tragiques n'excusaient pas tout. Dans l'immense salle à manger étaient attablés les quatre femmes et les deux policiers. A l'une des extrémités de la longue table en chêne massif, Higgins; à l'autre, Scott Marlow. A la droite de l'ex-inspecteur-chef, Victoria Stanley; à sa gauche, Emily Stanley. A la droite du superintendant, Barbara Stanley; à sa gauche, Laurie Warner.

Entièrement construite en granit, la pièce était décorée d'armures du XIIIe siècle qui avaient appartenu à des colosses; elles étaient surmontées d'épées, de lances et de boucliers. Dans une cheminée ornée de blasons se consumait un tronc d'arbre.

Miss Edmunds, sur l'insistance d'Emily Stanley et en échange d'une prime exceptionnelle, avait accepté de servir les convives mais non de revêtir un tablier de soubrette. Avec une relative maladresse mais sans faire tomber une seule portion, elle déposa dans les assiettes du pudding aux herbes préparé par l'épouse du financier. Higgins apprécia le mélange subtil de thym, de sauge, de romarin, de persil et de feuilles de cassis relevé par les échalotes.

— Voici un retour à l'austérité, déclara Laurie Warner, avec une ironie perceptible. Je n'ai pas mangé ce genre de plat depuis fort longtemps.

Emily Stanley rougit mais contre-attaqua.

— Quoi que vous en pensiez, Laurie, je suis ici chez moi. N'essayez pas d'occuper le devant de la scène ou je vous en chasserai.

— N'oubliez pas que je suis un objet d'art, chère Emily. Il ne faut pas m'abîmer. Sinon notre seigneur et maître sera très mécontent.

— A condition qu'il survive.

— Il survivra. Nous le connaissons bien, toutes les deux : il est indestructible.

Le plat était accompagné d'une stingo, une bière du Yorkshire brune et forte, servie presque tiède. Marlow se désaltéra, plutôt inquiet à propos de la poudrière que Higgins avait tenu à constituer.

— De mon temps, dit Victoria Stanley du bout des lèvres, les maîtresses ne déjeunaient pas à la table du maître.

— Archibald n'est pas un maître comme les autres, rétorqua l'Eurasienne d'une voix enjôleuse et je ne suis pas une maîtresse ordinaire.

Higgins ne pouvait qu'apprécier le charme prenant de Laurie Warner, maquillée à la perfection. Sa robe fourreau rose fané mettait en valeur des formes aussi tendres qu'élégantes.

— A votre place, Laurie, je serais plus discrète, intervint Barbara avec sécheresse.

L'Eurasienne, qui dédaignait le pudding, toisa la fille du financier.

— Regardez-vous, Barbara... vous êtes surchargée de bijoux comme une douairière préoccupée d'étaler sa fortune. Vous passez à côté de votre jeunesse. Quand vous vous endormirez sur votre tas d'or, vous regretterez ces heures perdues à servir le dieu Argent.

Barbara ne s'émut pas. Elle agita les poignets, prenant plaisir à faire s'entrechoquer les bracelets d'or.

— Mon dieu est le même que le vôtre, Laurie, mais je suis moins hypocrite que vous. Si mon père meurt, ma seule satisfaction sera de vous chasser de cette demeure.

— Vous essaierez, c'est certain. Quant à réussir...

— Je n'échoue jamais.

— Vous manierez peut-être un fusil ou un pistolet.

Barbara Stanley se leva.

— Retirez ces paroles ou je vous étrangle !

— M'accorderez-vous le plaisir de vous calmer ? pria Higgins.

Scott Marlow, qui redoutait une empoignade, vit avec soulagement Barbara Stanley se rasseoir. Autant elle semblait furieuse et passionnée, autant Laurie Warner demeurait indifférente et sûre d'elle-même.

— Cette conversation est des plus désagréables, dit Emily Stanley, si raffinée dans un tailleur vert clair qui rendait lumineux son visage aux lignes très pures.

— N'étiez-vous jamais réunies, à l'exception de l'anniversaire d'Archibald Stanley ?

— Jamais ! s'exclama la mère du financier, offusquée. Pour quelle raison aurions-nous commis pareille bêtise ?

— Nous avons sans doute eu tort, regretta Emily. En apprenant à mieux nous connaître, nous aurions été moins malheureuses.

— Sûrement pas, ma chère. Nous ne sommes pas du même monde. Qu'ai-je de commun avec vous ou avec cette prostituée qui distrait mon fils? Si Archibald n'était pas en danger de mort, je n'aurais pas accepté cette invitation ridicule.

— J'ai besoin de votre témoignage sur un point précis, déclara Higgins. Est-il bien exact qu'aucun homme n'a réussi à pénétrer dans ce domaine depuis vingt ans?

— Dix-neuf ans, huit mois, quatre jours, seize heures et deux minutes, précisa Victoria Stanley. J'ai relaté l'événement dans mon journal intime.

— Aucun homme, affirma Barbara Stanley.

— Mon mari a coutume de faire respecter ses décisions, déclara Emily Stanley.

— Depuis mon arrivée dans cette maison, dit Laurie Warner, je n'ai vu aucun autre mâle qu'Archibald.

Miss Edmunds apporta un *ked geree*, plat à base de haddock et de riz que relevait du poivre de Cayenne. Le poisson devait être correctement dessalé et le riz cuit à point. L'Eurasienne n'apprécia pas davantage ce mets modeste que le pudding aux herbes.

— Il apparaît, reprit Higgins, que vous étiez réunies toutes les quatre dans cette salle à manger avant le dîner d'anniversaire que présiderait Archibald Stanley. Sa mère s'est inquiétée de son retard et son épouse s'est rendue jusqu'à son bureau d'où elle est revenue, quelques minutes plus tard, porteuse de la mauvaise nouvelle. L'une de vous dément-elle cette version des faits?

L'ex-inspecteur-chef n'obtint aucune réponse. Le superintendant fut troublé. Cette attitude renforçait l'hypothèse d'une complicité unissant les quatre femmes. Marlow les observa, guettant une expression qui trahirait un mensonge. Barbara Stanley garda son air hautain, Victoria ses lèvres pincées, Emily son regard rêveur, Laurie ses yeux lointains.

— Vous nous soupçonnez sans doute à tort, estima Barbara Stanley. Mon père a peut-être été victime d'un criminel venu de l'extérieur.

— Ce serait bien préférable, reconnut Higgins, mais nous devons renoncer à cette possibilité. Malheureusement, mesdames, l'assassin est parmi vous.

La doctoresse ouvrit brutalement la porte de la salle à manger.

— Archibald Stanley va mourir, annonça-t-elle.

CHAPITRE XIV

La chirurgienne, suivie des deux policiers, descendit en toute hâte au bloc opératoire. L'organisme du blessé cessait de lutter. La réanimation échouait.

— Je vais l'aider, jura la doctoresse Alconbury. Je n'accepte pas la défaite.

Higgins et Marlow observèrent le combat derrière la vitre. Le visage d'Archibald Stanley ressemblait à celui d'un cadavre. Pendant une demiheure, la chirurgienne et ses assistantes s'affairèrent autour du lit où le financier semblait avoir renoncé à vivre.

Soudain, elle sortit de la pièce et arracha son masque.

— Nous l'avons encore sauvé, cette fois. Mais je ne réponds pas de l'avenir..

*
**

Les quatre femmes étaient assises dans les fauteuils confortables d'un salon Tudor où miss

Edmunds leur avait servi du café. Victoria Stanley tordait nerveusement un mouchoir de dentelle; Laurie Warner fumait une cigarette; Barbara Stanley lisait un rapport bancaire; sa mère, Emily, buvait sa quatrième tasse. Elle fut la première à interpeller Higgins.

— Mon mari... ne me cachez rien!

— Il vit. Si vous me disiez la vérité, toutes les quatre, il pourrait vivre encore longtemps.

Les paroles de l'ex-inspecteur-chef semèrent un trouble perceptible. Marlow eut l'impression que Barbara Stanley voulait parler mais qu'elle se l'interdisait.

— Dans le bureau d'Archibald Stanley était accroché un cadre, un seul cadre. Il contenait une photographie où étaient présents trois personnages : M. Stanley, son père et celui d'Emily Stanley. Chacune de vous la connaît bien, je suppose?

— Pas moi, répondit Laurie Warner. Je ne suis jamais entrée dans cette pièce consacrée au travail. Mon rôle est d'offrir du plaisir.

— Le bureau de mon fils m'est interdit, précisa Victoria Stanley.

— Il en est de même pour moi, ajouta Emily.

Higgins s'adressa à la femme du financier, tout en sortant son carnet noir.

— Cela me paraît peu vraisemblable, madame. Vous vous êtes précipitée vers ce bureau pour vous assurer que votre mari n'était pas victime d'un malaise. De plus, c'est vous qui m'avez révélé les noms des trois personnages.

— Chacune en connaissait l'emplacement, inspecteur, et savait qu'il formait le centre névralgique du domaine. Nous y sommes toutes entrées deux ou trois fois. Ma belle-mère ne le niera pas. Quand il voulait examiner ses dépenses. Archibald l'y convoquait.

La vieille dame se tourna de côté pour ne plus voir sa belle-fille.

— Et Mlle Warner?

— Elle est au moins entrée une fois dans le bureau d'Archibald, le jour où il lui a annoncé qu'elle devenait sa maîtresse officielle.

Higgins regarda Laurie Warner avec un rien de sévérité.

— Vous m'avez donc menti.

— Si peu, inspecteur.

— Contredirez-vous Mme Stanley?

— Je ne m'abaisserai pas jusque-là.

— Archibald Stanley vous a donc bien accueillie dans son bureau.

— Si cela peut vous faire plaisir... Il démentira lui-même.

L'Eurasienne restait très calme; l'interrogatoire ne semblait pas l'émouvoir et elle ne cédait pas un pouce de terrain. Ce sang-froid intrigua le superintendant; l'Eurasienne avait le profil parfait d'une criminelle. Pourtant, Higgins l'abandonna pour venir auprès de Barbara Stanley.

— Vous, mademoiselle, êtes une habituée du bureau de votre père.

— Je ne le nie pas.

— Décrivez-moi cette photographie.

— J'en suis incapable.

— Pourquoi?

— Parce que le dossier du fauteuil occupé par mon père me la cachait.

— Elle ne vous intéressait pas?

— Je préfère les tableaux de statistiques.

— Fâcheux, conclut Higgins. Extrêmement fâcheux. Sur cette photographie, un avion, une dépouille de lion, trois hommes : sommes-nous bien d'accord?

Personne ne protesta.

L'un des cinquante postes téléphoniques de la demeure sonna. Miss Edmunds décrocha.

— C'est pour vous, inspecteur.

Higgins reconnut la voix de Watson B. Petticott.

— Un nouveau suicide de banquier, annonça-t-il. Cette fois, il nous touche de très près. L'homme était l'une des personnalités les plus en vue de Glasgow. Lui, il s'est supprimé parce qu'il avait appris que Stanley avait survécu. Le Premier ministre devient nerveux. Il a passé plus d'une heure chez la Reine et n'en est pas ressorti avec un franc sourire. Bien entendu, il est tout à fait exclu que la Couronne soit impliquée, aussi peu que ce soit, dans un scandale financier. Tu me comprends, Higgins?

— Pas très bien. Dois-je mener une enquête ou couvrir un meurtre?

Un silence s'éternisa. La voix de Watson B. Petticott fut moins vaillante.

— Nous sommes amis : jamais je ne te demanderai d'orienter tes recherches contre ta volonté. Mais cette affaire est particulièrement grave; les pires rumeurs pourraient circuler et éclabousser des innocents. Il faudrait aller vite, très vite.

— C'est également mon vœu, mon cher Watson. Mes rosiers m'attendent et Trafalgar a tendance à s'ennuyer; mais la réalité se plie rarement à nos désirs.

— A l'impossible tu es tenu.

— Parfois, j'en ai peur.

L'ex-inspecteur-chef raccrocha, songeur.

— Réfléchissez bien, mesdames. Si des souvenirs vous reviennent, n'hésitez pas à m'en faire part.

— Comptez-vous nous torturer longtemps? demanda Victoria Stanley. Cette inquisition devient intolérable!

— L'existence de votre fils vous paraîtrait-elle négligeable?

Scandalisée, la vieille dame sortit du salon. Sa petite-fille la suivit.

— Votre position, dit-elle en passant devant l'ex-inspecteur-chef, ne vous autorise pas à vous comporter comme un goujat.

Emily Stanley semblait gênée. Laurie Warner souriait.

— Pourriez-vous nous accompagner jusqu'à notre domicile? demanda Higgins à miss Edmunds.

— Volontiers, répondit-elle avec davantage de chaleur qu'à l'ordinaire.

CHAPITRE XV

Miss Edmunds négociait les virages à une vitesse excessive. La Bentley de Marlow souffrit mais tint bon jusqu'au pavillon de chasse. Higgins utilisa sa clé pour pénétrer dans l'élégant bâtiment réservé aux policiers.

Miss Edmunds s'assura que ses hôtes disposaient de tout le confort. Un mobilier en rotin et en acajou s'harmonisait avec le style colonial de pièces spacieuses. Chambres douillettes, salles de bains entièrement carrelées et loggia donnaient à ces communs une allure presque conviviale.

— Nous avions besoin d'un moment de quiétude, dit Higgins. Vous souhaitez m'offrir une confidence en dehors de la présence des quatre femmes, n'est-il pas vrai?

— C'est délicat, inspecteur. Je ne voudrais pas...

— Admirez-vous M. Stanley?

— Sa puissance de travail m'impressionne et je n'ai jamais eu à me plaindre de lui.

— En ce cas, aidez-moi à identifier son assassin.

— J'en suis bien incapable mais il y a un détail...

Higgins observa les signes du débat intérieur qui agitait son interlocutrice. Elle perçut son attention bienveillante et se sentit en confiance.

— C'est peut-être sans grande importance mais cette photographie qui vous intrigue... je l'ai observée, quelquefois. Je jurerais qu'il y avait quatre personnages et non trois.

— Un quatrième homme ?

— Oui.

— Pourriez-vous me le décrire ?

— Il se trouvait sur la droite du cliché, à gauche du père de M. Stanley et en retrait. Il était un peu dans l'ombre et on distinguait à peine son visage ; il portait un chapeau et une écharpe, était habillé d'un costume grossier et fripé, chaussé de bottes et tenait un fusil.

— Connaissez-vous son identité ?

— Non, inspecteur.

— N'avez-vous jamais songé à la demander à M. Stanley ?

— Oh non ! Il n'acceptait pas qu'on l'interrogeât. On ne s'exprimait que lorsqu'il l'autorisait en frappant un coup de badine sur l'angle du bureau.

« Charmant personnage », pensa Scott Marlow, qui n'était pourtant pas hostile à des manifestations d'autorité, barrage contre le laxisme pervers dans lequel sombrait peu à peu la société britannique.

— Réfléchissez bien, miss Edmunds : l'une des quatre femmes a-t-elle fait devant vous une allusion, si minime soit-elle, à ce personnage ?

— Je ne crois pas... j'y ai déjà réfléchi. Je ne peux malheureusement rien vous dire de plus.

— Que savez-vous du père de M. Stanley?

— C'était un homme très riche qui avait acquis ce domaine pour une bouchée de pain. Il aimait beaucoup l'Afrique où il est décédé.

— A quelle date et dans quelles circonstances?

— Je l'ignore.

— Le père d'Emily Stanley?

— Un industriel qui s'est ruiné à la suite de mauvaises affaires en Afrique. Je ne sais rien d'autre.

— Ces dames ne vous faisaient pas partager leurs petits secrets.

— Je les croisais rarement. Aucune d'entre elles ne m'adressait la parole. Chacune a ses domestiques qui devaient se contenter de recevoir des ordres. Victoria Stanley a toujours eu l'habitude d'être servie par des inférieurs disciplinés, et sa petite-fille est comme elle. Quant à Laurie Warner, il suffit de la regarder pour ressentir son mépris envers quiconque n'est pas milliardaire.

L'amertume de miss Edmunds servait la cause de la vérité. Si elle n'avait pas voulu se venger des affronts subis, elle n'aurait probablement pas parlé du quatrième homme.

— Vous n'évoquez pas Emily Stanley.

— Cette pauvre femme a trop souffert. Elle n'est pas meilleure que les autres et s'attache autant qu'elles à la fortune et au luxe mais son humiliation fait peine à voir; et c'est la seule qui accorde un jour de repos par semaine à son personnel. La bonté des Stanley ne va pas plus loin. Si vous avez besoin de moi, vous composez le zéro et le un. Je retourne au château.

Scott Marlow, épanoui, posa deux verres et une bouteille de Royal Salute sur une table basse.

— Bon débarras. Cette demoiselle est vraiment trop grincheuse. Excellente nouvelle, Higgins : le bar est remarquablement garni. Nous tiendrons le siège.

— C'est plutôt à nous de le mener. Je ne voudrais pas ternir votre joie, superintendant, mais la Couronne s'impatiente.

Scott Marlow se sentit la langue si sèche que des mesures d'urgence s'imposaient. Le Royal Salute le remit à flot.

— Une grincheuse mais une informatrice, reconnut-il. On aurait donc procédé à une substitution de photos ?

— C'est une certitude, estima Higgins.

— Aucune des quatre femmes ne s'en serait aperçue ?

— Improbable.

— L'une d'elles est une fieffée menteuse.

— Une, deux, trois ou quatre... c'est bien le problème.

Higgins savoura une gorgée du nectar. Le Royal Salute était la fine fleur du whisky.

— Ce quatrième homme ne serait-il pas l'assassin ?

— Hypothèse intéressante, mon cher Marlow. Quoi qu'il en soit, il joue un rôle important. Archibald Stanley n'est pas un grand romantique. Dans son sanctuaire, il ne conservait qu'un seul souvenir : cette photographie où ne figure aucune des femmes de sa vie. Quatre hommes, alors qu'aucun mâle n'a le droit de pénétrer sur ses terres. C'est assez souligner l'intérêt qu'il leur portait. Lui même, son père, le père de sa femme... de simples relations de famille ou davantage ? Et le quatrième, appartient-il au cercle familial ou lui est-il extérieur ? Voilà beaucoup de questions auxquelles il nous faudra répondre.

— Ce fusil... celui d'un chasseur ? Mais oui, c'est ça ! Si la photo a été prise en Afrique, les quatre hommes participaient à un safari. Le personnage qu'on a fait disparaître était sans doute leur guide. C'est lui qui a tué le lion puisque les trois autres ne portaient pas d'arme.

— Brillant, reconnut Higgins.

— Pourquoi veut-on nous cacher son existence ? Peut-être est-il l'assassin qui a un complice dans la place ?

— A moins qu'il ne soit une victime gênante, mon cher Marlow. Je suis persuadé que Victoria Stanley possède une excellente mémoire qu'elle n'a pas suffisamment explorée.

CHAPITRE XVI

La Bentley refusa de démarrer. Le superintendant souleva le capot et, d'un doigt expert, entama une réparation de fortune. Le moteur accepta de ronronner de nouveau.

Au fur et à mesure que la voiture progressait dans le vaste domaine des Stanley, Higgins s'aperçut qu'une armée de paysagistes l'avait remodelé pour le faire ressembler à un site africain. Comment ne pas songer au pays dogon, au sud du lac Korarou, à l'est de la rivière Bozo, proche des falaises de Bandiagara ? Des images traversèrent le regard de l'ex-inspecteur-chef : un chaos de rochers gris et roses, le grès écrasé par le soleil, des vallées sablonneuses sans ombre où, malgré les chaussures, la plante des pieds brûlait, des oies sauvages, des spatules, des hérons et des flamants et les paroles du voyageur ébloui : « Les anges ne s'arrêtent-ils pas dans leur vol pour contempler cet éblouissant tableau d'un œil ravi ? »

Les abords immédiats de la ferme de Victoria Stanley ne laissaient plus place au doute. Pour qui avait fréquenté le village dogon d'Ogol, il était facile de reconnaître la grande place, le haut rocher central, la meule carrée en forme de pierre cubique qui servait de maison du conseil, la forge et le grenier. Il ne manquait que le soleil d'Afrique avantageusement remplacé, selon Higgins, par la pluie froide des îles britanniques.

Régnait en ces lieux un silence inquiétant. Scott Marlow, malgré la douce chaleur que le Royal Salute avait répandue dans ses veines, se sentit de nouveau mal à l'aise. Cette architecture d'un autre monde, ces murs couverts de signes étranges, cette ferme qu'aucun Anglais raisonnable n'eût consenti à habiter lui donnaient envie de prendre ses jambes à son cou et de franchir au plus vite la frontière. Higgins lui-même, que le superintendant jugeait souvent téméraire, avançait à pas feutrés.

Les deux hommes pénétrèrent dans une grande cour au milieu de laquelle était édifié une sorte de sanctuaire flanqué de deux tours biscornues et penchées. Sur la façade, une alternance de carrés blancs et rouges. Au-dessus de la porte d'entrée, deux ouvertures qui ressemblaient à des yeux exorbités.

— Partons d'ici, recommanda Scott Marlow. La vieille dame n'est pas là.

— Un instant. Tendez l'oreille.

Une voix rauque chantait une mélopée grinçante. Les sons provenaient de l'intérieur du sanctuaire. Higgins mit l'index sur sa bouche et fit signe à son collègue d'approcher.

Dans la lueur des torches fumantes, Victoria

Stanley s'adonnait à un rite. Face à un gigantesque masque africain haut d'au moins deux mètres, elle piquait avec une pointe de flèche une statuette au-dessus d'une rangée de braises.

L'apparence de la vieille dame avait bien changé. Elle ne ressemblait plus à une lady engoncée dans son aristocratie mais avait revêtu une longue robe brune en peau de buffle et s'était couverte de bijoux, de colliers et de bracelets en os et en ivoire. Sa main gauche tremblait, ses lèvres murmuraient des incantations parfois violentes. Higgins n'entendait rien au dialecte que l'étrange prêtresse utilisait.

Comme il n'était pas convenable d'observer plus longtemps une dame sans signaler sa présence, Higgins toussota.

Frappée par la foudre, Victoria Stanley se retourna, laissant tomber sur le sol de terre battue la statuette qu'elle martyrisait. Elle jeta dans les braises la pointe de flèche et s'avança vers les deux hommes.

— Quelle bonne surprise, messieurs ! Vous êtes mes premiers visiteurs depuis longtemps.

— Comment ne pas admirer votre reconstitution d'un village dogon ? C'est tout à fait fascinant.

— L'avis d'un connaisseur est réconfortant. Sortons d'ici, voulez-vous ? Il y fait trop humide.

— Vous pratiquiez un rite magique ?

— C'est sans importance... un amusement, rien de plus.

— Auriez-vous l'amabilité de me montrer la statuette ?

— Elle vous décevra beaucoup.

— Je cours le risque.

Victoria Stanley sentit que Higgins était aussi obstiné qu'elle.

— Elle est tombée dans le coin obscur, là-bas...

— Ne vous donnez aucune peine : je la ramasse.

Malgré une arthrite qui menaçait ses genoux et grâce à de fréquentes marches en forêt, Higgins conservait une réelle souplesse. La retraite n'avait pas diminué son acuité visuelle et sa main demeurait sûre. Aussi ne tarda-t-il pas à ramasser, dans une poussière importée d'Afrique, une sculpture malhabile représentant un homme coiffé d'une casquette et tenant un fusil. Le visage et la poitrine avaient été lacérés.

— De qui s'agit-il?

— Du symbole de tous les chasseurs du monde, répondit la vieille dame. Je les hais. J'ai fabriqué moi-même des dizaines de statuettes de ce type et je les brûle après les avoir envoûtées. Quand le rite fonctionne bien, il provoque un accident. Rien ne me réjouit davantage ! Si tous ces massacreurs pouvaient périr dans un gigantesque incendie, je bondirais de joie.

— Vous n'avez recueilli aucun animal, me semble-t-il.

— A cause des spectres des braconniers africains. Ils poseraient des pièges et tenteraient d'abattre lions et gazelles. Venez dans la maison; nous y serons mieux pour causer.

Sous le choc, Marlow pénétra à l'intérieur d'une hutte africaine dix fois plus grande qu'à l'ordinaire dont la moitié était remplie de statues, de masques et de fétiches. La plupart de ces objets où prédominait la symbolique du tissage, de l'eau originelle et de l'ancêtre fondateur conçu comme un chacal, étaient d'origine dogon.

— Je fais rougir les pierres et nous aurons bien chaud, déclara Victoria Stanley, guillerette. Bien entendu, vous restez dîner. Le menu vous plaira beaucoup.

Le superintendant flottait dans un cauchemar. Comment une Anglaise de bonne famille, digne et respectable, avait-elle pu perdre ainsi la tête et installer une ferme africaine au cœur de l'East Anglia? Pessimiste sur l'avenir de la planète, le superintendant ne s'attendait pas à de telles dépravations sur le sol même de la mère patrie.

— Avez-vous vécu longtemps en territoire dogon? s'enquit Higgins.

— Quelque temps. Là-bas, on ne sait plus s'il s'agit d'un mois ou d'une année.

— L'Afrique est un continent fascinant. On y chasse beaucoup, malheureusement.

— Jamais en ma présence, inspecteur. Est-ce que vous appréciez la chèvre rôtie? Les plus difficiles en raffolent.

Posé sur un tambour, un coffret en verre contenait la plus grosse et la plus belle des émeraudes que Higgins avait eu l'occasion de contempler. A l'intérieur même de son écrin, elle brillait d'un éclat envoûtant.

— D'où provient cette merveille?

— De là-bas. Un cadeau.

— Un grand admirateur?

— Inspecteur... c'est bien indiscret.

— Peu d'hommes ont dû résister à votre charme.

— C'est encore plus indiscret... la fidélité est une vertu officielle des femmes anglaises.

Si l'émeraude laissait Marlow béat d'admiration, la vieille dame le rendait muet d'indignation. Non contente de pratiquer la magie noire, elle revendiquait aussi — heureusement à mots couverts — un passé de gourgandine! Elle ne méritait pas le nom de Victoria qui avait clamé les valeurs de la morale britannique dans un empire où le soleil ne se couchait pas.

La criminelle, c'était elle. Insensible, folle, dissimulatrice, dépravée, elle possédait toutes les caractéristiques d'une mère indigne qui n'avait pas hésité à tirer sur son fils.

Victoria, l'œil luisant, s'adressa au superintendant.

— Vous êtes un gourmand. Je reconnais à cent pas les amateurs de bonne chère. Ce déjeuner était détestable et ridicule... Chez moi, vous ne serez pas affamé. Outre la chèvre rôtie, je vous servirai des œufs frais, du mouton gris, de la fleur de farine, des patates douces, des bananes et du vin de palme. Hélas, je n'ai plus de langue de zèbre et de girafe salée. Mais vous reviendrez.

CHAPITRE XVII

— Prenez soin de votre foie, recommanda Higgins à Marlow. Selon les Dogons, c'est à l'intérieur de cet organe que naît la parole. Nous aurons besoin de la vôtre pour arrêter le coupable.

Après quelques réticences, Scot Marlow avait jugé plutôt gouleyant le vin de palme. La chèvre croquait sous les dents et le reste se dégustait sans déplaisir. Après tout, l'Afrique avait du bon.

— Cette photographie, dit l'ex-inspecteur-chef, méditatif, cette curieuse photo... qui l'a prise ?

— Aucune idée, répondit Victoria qui mangeait d'un bon appétit. Prendre des clichés est une occupation ridicule que je désapprouve.

— Votre mari était un financier respecté, me semble-t-il.

— C'est exact.

— Sa fortune n'était pas négligeable.

— Une belle fortune, en effet. Fort peu de chose en comparaison de celle de mon fils.

— Approuvait-il son mariage ?

— Ni lui ni moi ne discutions les décisions

d'Archibald. Très jeune, il a manifesté une force de caractère hors du commun. Puisqu'il voulait épouser cette femme, il l'épouserait. L'idée d'en discuter ne nous est même pas venue.

— Votre mari... avait-il le droit d'entrer ici? demanda le superintendant.

La vieille dame fut vivement contrariée.

— Il est mort. J'ai déjà dit que je ne parlais pas des morts. Moi, j'aimerais être enterrée sous les feuilles mortes de la forêt équatoriale. En Angleterre, les cimetières sont si encombrés qu'on y déménage trop souvent les dépouilles. Là-bas, personne ne vous importune; au moins, j'aurais l'illusion d'être tranquille. Oublions ces funestes pensées, messieurs, et réjouissons-nous de ce modeste repas.

Victoria reprit de la chèvre et l'arrosa avec du lait.

— Quand êtes-vous entrée dans la salle à manger, le soir du crime?

— Treize minutes avant l'heure imposée par Archibald pour dîner. J'étais la première. Barbara travaillait à son bureau, je suppose.

— Vous supposez ou vous en êtes sûre?

— D'une des fenêtres de la salle à manger, on distingue l'aile du château où elle réside. Il y avait de la lumière partout. Son père l'économise, pas elle. C'était la preuve indubitable de sa présence. Comme d'habitude, elle a failli arriver en retard : une seule minute d'avance! Par bonheur, si j'ose dire, son père n'était pas là!

— Était-elle essoufflée?

— Pas le moins du monde. Barbara possède un cœur excellent et court plusieurs kilomètres sans se fatiguer.

— Semblait-elle émue ?

— Ma petite-fille possède un parfait contrôle de ses nerfs. Elle m'a paru tout à fait normale.

— Et votre belle-fille ?

La vieille dame s'humecta les lèvres avec du vin de palme.

— Suis-je obligée de jouer les informatrices ?

— Il s'agit d'un témoignage, madame Stanley.

— Elle se trouvait dans la bibliothèque dont la porte était fermée.

— Comment saviez-vous qu'il s'agissait bien d'elle ?

— Elle criait.

— Seule ?

— Non.

— Une dispute ?

— Oui.

— Avec qui ?

— Laurie Warner. Pour une fois, elle criait aussi.

— Sujet de la querelle ?

— Je suis passée rapidement.

— Pourtant, sauf votre respect, vous avez l'habitude d'écouter aux portes.

— Le bruit me fait peur. Une dispute encore plus.

— Sont-elles arrivées ensemble dans la salle à manger ?

— Laurie Warner cinq minutes après moi, Emily huit minutes et trente secondes.

— Quel comportement ?

— Laurie égale à elle-même, sereine, distante et méprisante. C'est d'ailleurs pourquoi sa colère m'a étonnée. Cette fille est un bloc de glace que rien n'émeut.

— Vous avez quand même entendu quelques mots ?

— Des amabilités comme « garce », « menteuse » ou « traînée ». Des banalités, entre une épouse et une maîtresse.

— Ne passez pas sous silence l'attitude de votre belle-fille. N'était-elle pas émue, les cheveux un peu défaits, le souffle trop court ?

— Comment le savez-vous ?

— Une intuition.

— C'est vrai, elle s'est repeignée et a rajusté la veste de son tailleur. Cela m'a surprise, sur le moment. Elle, toujours si soignée… vous ne croyez quand même pas que…

— Seule une certitude déliera ma langue. Soyez remerciée pour votre collaboration et ce festin à l'africaine.

Higgins se leva, imité par Marlow.

— Un instant, inspecteur. Ne seriez-vous pas allé chez les Dogons ?

— Leur pays est si lointain et si perdu…

— Quelqu'un a-t-il déjà réussi à fléchir votre volonté ?

— Honnêtement, je ne m'en souviens pas. J'ai suivi le conseil d'un vieux maître : forge-toi une volonté droite et que rien ne la fasse dévier. Les criminels que j'ai arrêtés l'ont qualifiée d'entêtement.

— En ce cas, notre situation n'est pas brillante.
— Pourquoi donc?
— Parce que nous ne sommes que quatre femmes contre vous.

CHAPITRE XVIII

Au volant de la Bentley dont le moteur, gavé d'air frais, semblait avoir retrouvé une nouvelle jeunesse, Marlow fulminait.

— Mais enfin, Higgins! Que signifie la dernière phrase qu'elle prononcée? Un aveu? Une provocation? Une injure?

— Un défi typique des chasseurs.

— Mais elle a dit...

— Elle chasse à sa manière même si elle n'utilise pas de fusil. Que l'âge de Victoria Stanley ne vous abuse pas, mon cher Marlow. Elle est aussi dangereuse qu'un fauve.

— Vous exagérez un peu, Higgins... si l'on en croit son témoignage, la coupable serait plutôt Emily Stanley. Un crime banal, en somme : une femme bafouée et malheureuse tue son mari.

— Pourquoi pas, en effet? Mais vous reconnaîtrez que la situation n'est pas ordinaire : le mari en question est l'un des financiers les plus importants de la planète, son épouse ne le voit qu'une fois par an et doit supporter la présence de trois autres femmes qui la détestent, dont la maîtresse de son époux.

Le superintendant marmonna. Higgins n'avait pas complètement tort. Il fallait pousser plus avant les investigations et refuser la facilité.

— Soyez très prudent, recommanda Higgins, surtout à l'approche de la zone marécageuse et du marigot.

— Vous redoutez des fondrières et des trous d'eau ?

— Quelque chose dans ce genre-là.

Marlow ralentit en traversant la brousse qui entourait la maison de style colonial où résidait Emily Stanley. Il stoppa sur l'un des rares endroits dégagés. Si un crocodile ou quelque bête malfaisante se manifestaient, il les verrait de loin.

— Il était temps d'arriver, constata-t-il. Le jour baisse.

— Notre entrevue avec Mme Stanley s'annonce décisive, superintendant. Chaque mot comptera. Je prendrai des notes, bien entendu, mais je vous demande d'être très vigilant. Rien ne doit nous échapper : pas un silence, pas un sous-entendu, pas un mensonge.

Marlow fut étonné. Higgins n'avait pas coutume d'annoncer ainsi sa tactique et encore moins de solliciter son aide. Fallait-il que cette affaire lui parût compliquée et redoutable.

Emily Stanley accueillit les policiers avec amabilité. Elle leur offrit un jus de cerise accompagné de gâteaux secs. L'intérieur de la maison était romantique à souhait : pastels, aquarelles, tapis iraniens aux couleurs chaudes, fauteuils moelleux, meubles de style à la patine parfaite. Le superintendant respira mieux. Cet univers civilisé lui redonnait énergie et confiance.

— En dépit de la situation, dit Higgins, vous devez vous plaire dans cet endroit. Il vous ressemble : doux, élégant et tendre.

Emily Stanley rosit.

— Inspecteur...

— Il faut m'aider davantage, madame.

— Si je pouvais...

— Vous le pouvez.

Le regard de Higgins impressionna la femme du financier au plus profond d'elle-même. Son collier de perles vertes ressortait à merveille sur une robe noire aux manches en dentelle. Rarement femme de cinquante ans avait joui d'une jeunesse aussi éclatante.

— Non, je vous assure...

— Le soir de l'attentat, à quel moment êtes-vous entrée dans la salle à manger?

— Pas très longtemps avant l'heure prévue pour le dîner. Ma belle-mère était déjà là ainsi que Laurie Warner.

— Et votre fille?

— Elle est arrivée au dernier moment, comme d'habitude.

— N'êtes-vous pas passée par la bibliothèque?

— Non, inspecteur.

— Une querelle vous a-t-elle opposée à Laurie Warner?

— Nous ne nous apprécions guère, il est vrai, mais nous avons renoncé à nous affronter.

— Savez-vous où elle se trouvait, pendant l'heure qui a précédé le dîner?

— Non.

— Et votre fille?

— Probablement à son bureau, dans l'aile qui lui est réservée.

— En êtes-vous certaine?

Emily Stanley parut troublée.

— Oui, enfin... je ne l'ai pas vu assise à sa table de travail mais c'était son habitude.

— Que faisait Laurie Warner avant de dîner?

— Ce qu'elle faisait avant chaque réception : se maquiller pendant des heures pour être la plus belle. Mais je n'ai pas pénétré dans sa chambre pour le vérifier.

— Votre belle-mère?

La tristesse voila les yeux de l'épouse du financier.

— J'aurais aimé m'entendre avec elle, obtenir son affection... mais elle me hait. Trouver le chemin de son cœur est impossible : j'y ai renoncé. Elle fouille partout, elle épie, elle écoute aux portes. On ne sait jamais où elle se trouve. C'est un véritable feu follet qui connaît le moindre recoin de ce domaine et du château où il m'arrive encore de me perdre. Je suis persuadée qu'elle n'ignore aucun de mes faits et gestes. Parfois, cela m'exaspère; ce n'est qu'une réaction stupide. La pauvre femme a dû constater que je n'avais rien à cacher.

Higgins se leva et s'attarda sur certaines aquarelles qui témoignaient d'un réel talent. Elles ne portaient aucune signature.

— Pardonnez mon ignorance mais je ne parviens pas à identifier cet auteur.

Emily Stanley rosit à nouveau.

— C'est tout à fait normal, inspecteur... j'ai la vanité d'exposer mes propres œuvres. La peinture est un de mes passe-temps favoris.

— Permettez-moi de vous féliciter. A mon sens, vous avez un brillant avenir.

Marlow n'était pas un amateur d'aquarelles. Il préférait la grande peinture à l'huile et notamment les portraits des rois et des reines.

— Une femme aussi sensible que vous, poursuivit Higgins, ne peut passer sous silence des faits essentiels. Aussi allons-nous évoquer de manière précise cette fameuse photographie.

CHAPITRE XIX

— Je souhaiterais tellement...

— Vous taire plus longtemps ? C'est impossible et vous le savez bien.

Emily Stanley changea de fauteuil. Elle ne supportait plus le regard de Higgins qui vint se placer à côté d'elle, comme un confesseur bienveillant.

— Votre père aimait l'Afrique.

— C'était une véritable passion. Elle lui ôtait toute lucidité. Pourvu qu'elles fussent africaines, les affaires l'attiraient. Il ne pesait même pas le pour et le contre, s'engageait à corps perdu dans les aventures les plus folles. Il a acheté de fausses mines d'or, d'argent, d'étain, de diamants, des forêts qui appartenaient à des tribus qui se sont révoltées, des flottilles fantômes pour parcourir le Niger ou le Mozambique. Année après année, ses rêves de grandeur ont épuisé la fortune familiale. Ma mère est morte de chagrin à Londres. Mon père m'a emmenée en Afrique, tout près du pays dogon, où il possédait encore quelques hectares et une vaste ferme. Il m'a fait découvrir la nature, les animaux sauvages, les ciels, les danses...

— Et vint le jour de cette chasse à laquelle participait la famille Stanley.

Emily Stanley leva les yeux vers de lointains souvenirs.

— Le père d'Archibald était un homme autoritaire, presque violent. Il étalait sa richesse avec une insolence qui m'a choquée. Son épouse, Victoria, manifestait une égale prétention. Un couple odieux entouré d'une nuée de serviteurs.

— Votre père les fréquentait-il?

— Non. Mais il avait la réputation de connaître à la perfection le Niger et le pays dogon. Les Stanley voulaient tuer leur lion. Aussi ont-ils fait appel à ses services. Dès le début, il s'est méfié...

— De qui?

— De toute la famille. Mon père était superstitieux. Il croyait aux présages. Son féticheur favori lui avait prédit que voler l'âme d'un lion lui porterait malheur.

— Pourquoi a-t-il accepté de guider les Stanley?

— Nous n'avions plus un sou; quand il apprit que ces gens-là disposaient d'une fortune colossale, il conçut le projet de leur vendre une mine d'émeraude inexploitée depuis des siècles. Elle lui appartenait mais il n'avait pas les moyens de reprendre l'extraction.

Emily Stanley essuya une larme. Higgins avait assez d'expérience pour savoir que l'émotion n'était pas feinte; cette femme aimait réellement son père. Relater ces événements la peinait.

— Le contact a été difficile, avoua-t-elle.

M. Stanley voulait payer mon père comme un vulgaire employé ; mon père l'a invité, lui et sa famille, à monter dans son avion et à découvrir les paysages. Il s'est montré lyrique et enthousiaste, comme à son habitude ; à la fin de la promenade, l'atmosphère devint plus cordiale. Les Stanley s'aperçurent qu'ils avaient affaire à quelqu'un de leur rang ; il ne fut plus question d'argent mais d'amitié.

— Et le jeune Archibald a posé son regard sur vous.

Elle sourit, amusée et émue.

— Dès la première minute, c'est vrai... mais je lui ai donné la réplique ! Il était beau, sûr de lui, conquérant. Beaucoup de femmes haïssent ce genre d'hommes. Moi, je suis tombée sous le charme. En pleine brousse, il m'a demandé ma main ; nos parents se sont offusqués. Cette manière de procéder bousculait la coutume. Mais Archibald n'admettait pas d'être contrarié ; les mises en garde de son père contre une union trop hâtive l'ancrèrent davantage encore dans sa décision. On trouva un compromis : les fiançailles, un vendredi soir, au bord du Niger.

Emily Stanley semblait soudain perdue dans le souvenir d'heures heureuses à jamais enfouies dans la brisure d'un couchant africain où passaient des vols d'oiseaux migrateurs, salués par les derniers chants des piroguiers.

— Voilà la partie heureuse de cette aventure, jugea Higgins, rassurant comme un père. Hélas, il y a les autres épisodes : ceux que vous souhaiteriez tant oublier.

— Qui pourrait me le reprocher?

— Archibald a-t-il changé d'attitude envers vous? demanda Scott Marlow.

— Non, non... il n'est pas en cause.

— Cette fameuse partie de chasse, n'est-ce pas?

— Oui, inspecteur. Le féticheur ne se trompait pas. Nous étions si heureux... le mariage me comblait de bonheur et sauvait mon père. L'amour nous arrachait au malheur. C'était fou, romantique et miraculeux.

Higgins, d'une écriture rapide et précise, prenait note des déclarations. Scott Marlow, selon les recommandations de son collègue, tentait de repérer mensonges et omissions. Jusqu'à présent, sa moisson était inexistante.

— Le coupable, avança l'ex-inspecteur-chef, c'est le lion qui figure sur la photo.

Emily le regarda avec des yeux emplis de gratitude.

— Rien n'est plus vrai... comment avez-vous deviné?

— Votre belle-mère refuse de parler de son défunt mari. Pourquoi cette curieuse attitude? Parce que sa mort a dû se produire dans des circonstances étranges. De plus, elle proclame une haine viscérale contre les chasseurs. De là à conclure qu'un incident de chasse est à l'origine d'une disparition tragique...

L'épouse du financier éprouva un intense soulagement. Higgins lui facilitait la tâche.

— Vous avez accompli la plus grande partie du chemin, inspecteur. La photo a été prise une heure après la mort du fauve. Mon père avait tenté d'éviter le carnage mais la malchance a voulu qu'un vieux solitaire croisât notre route. M. Stanley l'a blessé, poursuivi et achevé avec une cruauté inouïe ; mon père, bouleversé, a néanmoins accepté de poser en compagnie de ses nouveaux amis.

— L'attitude d'Archibald ?

— Indifférente. Le lion ne l'intéressait guère.

— Que s'est-il passé... après la photo ?

— Mon père prit par le bras le père d'Archibald pour l'entraîner à l'écart et lui dire sa façon de penser. Je connaissais les discours qu'il adressait à tous les Blancs qu'il rencontrait : tuer les animaux, c'est saccager l'Afrique et la conduire à sa perte. Son interlocuteur avait gardé le fusil. Le ton monta Archibald et moi entendîmes des éclats de voix ; Archibald intervint et les sépara. Ils ne se parlèrent pas pendant le dîner. Le lendemain matin, ni l'un ni l'autre n'étaient présents au petit déjeuner ; pourtant, M. Stanley était matinal. Son fils alla le chercher. Quand il revint, il était décomposé. « C'est horrible, dit-il, ils se sont entre-tués. » L'un et l'autre gisaient ensanglantés, au pied de la tente du père d'Archibald.

— Aucun témoin ?

— Aucun.

— Quelles furent les conclusions de l'enquête ?

— Il n'y eut pas d'enquête.

— Pour quelle raison ?

— Archibald et les boys avaient étendu une bâche sur les cadavres. La police locale fut avertie par radio ; quand elle arriva sur les lieux du drame, le lendemain matin, les corps s'étaient envolés. Un boy connaissait la vérité : c'étaient des cannibales qui les avaient emportés. L'homme s'était bien gardé d'intervenir de peur d'être tué et dévoré. On n'a jamais retrouvé trace de mon père et de celui d'Archibald.

— C'est... c'est monstrueux ! s'exclama le superintendant, profondément choqué par cette barbarie.

— Comment a réagi Victoria Stanley ? interrogea Higgins.

— Avec un extraordinaire courage. Elle a fait front contre l'adversité et soutenu son fils dans cette horrible épreuve ; Victoria a décidé de s'occuper de l'avenir et de ne plus jamais évoquer le passé. Le lendemain de cette tragédie, elle nous a persuadés de quitter l'Afrique et de nous marier sans délai en Angleterre. J'étais si désemparée que je n'ai même pas songé à lui désobéir et me suis réfugiée dans les bras d'Archibald.

Higgins parla d'une voix douce.

— Entre vous et votre mari, quand la cassure s'est-elle produite ?

— Aussitôt après notre mariage. Il est devenu froid, distant, uniquement préoccupé par ses affaires. A sa décharge, je concède qu'il devenait l'héritier d'un empire qu'il a fait fructifier de façon incroyable. Il n'a pas oublié la mine d'émeraudes de mon père. Un fabuleux gisement dont l'exploitation lui a fourni un capital intéressant dès le début de sa carrière. Archibald croit qu'il règne sur l'argent. Je me demande si ce n'est pas l'argent qui le possède.

CHAPITRE XX

La nuit était tombée. La Bentley, comme neuve, démarra vaillamment en direction du pavillon de chasse.

— Soyez très vigilant, mon cher Marlow. Nous roulons dans la zone dangereuse. Certains crocodiles sont si gros et si coriaces que nous n'avons pas intérêt à les rencontrer.

— Parlez-vous sérieusement ?

— Très sérieusement. Les fauves sont beaucoup moins agressifs que ces sauriens. Plus d'un chasseur expérimenté s'est fait surprendre.

La voiture du superintendant longea le marigot où sommeillaient les crocodiles. Des herbes folles ajoutaient au caractère sinistre de l'endroit, noyé dans la brume. Alors que la Bentley sortait de la brousse, le moteur bégaya et s'arrêta.

— Ne vous inquiétez pas, Higgins. J'ai l'habitude.

Le pas hésitant, le superintendant sortit du véhicule. Il tendit l'oreille, se souvenant des exercices stratégiques de l'armée. Mais pouvait-on entendre l'approche d'un crocodile? Par bonheur, Marlow connaissait les moindres émotions de sa machine. Lui parler avec respect et ne pas la brutaliser étaient préférables à une simple réparation mécanique. Seulement, le temps pressait et Higgins, lui, restait bien à l'abri.

Le superintendant donna un grand coup de pied dans le phare avant droit et se précipita au volant. Le moteur repartit; il regrettait d'avoir utilisé la manière dure mais la situation exigeait des méthodes d'exception.

Quand il stoppa devant l'entrée du pavillon de chasse, Marlow poussa un soupir de soulagement. Higgins inspecta du regard les environs avant de grimper les marches du perron et d'entrer dans le domaine réservé aux policiers. Il alluma toutes les lampes et, du premier étage, observa longuement les abords de la maison. Le superintendant examina l'intérieur.

— Rien, Higgins.

— Dehors, tout paraît tranquille.

— Vous ne craignez quand même pas une agression contre Scotland Yard?

— Nous sommes presque en Afrique, mon cher Marlow. Les lois anglaises n'ont plus cours; seule compte la volonté d'Archibald Stanley et de son assassin.

— Si ce personnage n'était pas étendu sur un lit d'hôpital, j'aimerais bien l'arrêter. Être à l'origine de ce genre de situation constitue un délit.

— Vous oubliez qu'il est la victime.

— Drôle de victime! Par moments, je me demande...

— S'il n'est pas le vrai coupable ? Une piste intéressante.

— En attendant de la suivre, prenons un peu de repos.

Le salon de style victorien convenait au superintendant qui s'affala dans un canapé dont le tissu imitait des feuilles de palmier. La bibliothèque en acajou massif, les sièges pliants, la table basse en laque et les tapis vert d'eau étaient rassurants.

— Hélas, déplora Higgins, le temps du repos n'est pas encore venu.

Le superintendant fronça les sourcils.

— Vous ne comptez pas... sortir ?

— Travailler la nuit, disent les Dogons, revient à tisser des bandes de silence et d'ombre. Je m'en dispenserais bien si cette enquête n'était pas aussi difficile.

— Je m'y oppose, déclara vertement Scott Marlow. Trop dangereux.

— Vous surveillerez la maison pendant mon expédition. Prenez un bon whisky, mais songez à votre foie.

— Mais enfin, Higgins ! S'il vous arrivait quelque chose...

— Arrêtez tous les crocodiles du voisinage et faites-les parler.

Empêcher Higgins de mettre son projet à exécution serait impossible. Excédé, Scott Marlow suivit les instructions de son collègue qui se glissa hors du pavillon de chasse par la fenêtre d'une chambre, contourna la bâtisse, s'arrêta quelques instants puis prit la direction de la ferme où résidait Victoria Stanley.

Quelle étrange sensation : ressentir un parfum d'Afrique dans ces ténèbres si britanniques, être ici et se croire ailleurs, perdre le sens de la réalité la plus terrestre et goûter la musique des vers de J.B. Harrenlittlewoodrof :

« Quatre tambours dans la nuit, l'éléphant qui sommeille,
« Quatre tambours qui chantent, et les Noirs en ivresse,
« Qui donnent des coups de pied aux étoiles. »

L'épaisse couche nuageuse empêchait de les voir et nul tambour ne résonnait. Il n'y avait que le bruit de la pluie sur la route et le claquement sinistre des mâchoires des crocodiles. Higgins marcha d'un bon pas jusqu'à la maison d'Emily Stanley. Dans le garage, il trouva ce qu'il était venu chercher : un vélo. Par un miracle afférent aux plus belles enquêtes criminelles, les genoux de l'ex-inspecteur-chef ne souffraient pas trop. La marche, excellente, et l'art vélocipédique, tonifiant, leur convenaient.

Pendant la première partie du trajet, Higgins eut la sensation d'être suivi. Habitué à avoir des yeux derrière la tête, il ne remarqua pourtant rien de précis. Par prudence, il s'arrêta à trois reprises, se cacha derrière des arbres et attendit. Personne en vue. Une odeur l'étonna ; il vérifierait à son retour.

Bien entendu, Higgins jugeait moralement condamnable l'acte qu'il s'apprêtait à commettre. C'est pourquoi il ne pouvait décemment en parler à Scott Marlow. Si le résultat était positif, la morale se montrerait conciliante d'autant plus que les soucis éthiques ne troublaient guère, à première vue, le sommeil de Victoria Stanley. D'autres méthodes d'approche eussent été préférables ; mais le temps manquait.

L'ex-inspecteur-chef posa son vélo près d'un bosquet et marcha sans bruit en direction de la ferme. Comme les chats, Higgins voyait parfaitement dans les ténèbres et se déplaçait avec des pas de velours. Il prit néanmoins de nouvelles précautions et ne progressa vers son objectif qu'avec la certitude de ne pas être épié. Certaines armes avaient tendance à tirer très vite. Et l'on comptait déjà trois victimes : Stanley père, le beau-père de Stanley fils et Stanley fils lui-même qui ne se résignait pas à devenir le troisième cadavre.

De lourds nuages obscurcissaient la lune montante. Ces précieux alliés servirent la cause de l'ex-inspecteur-chef qui traversa la cour de la ferme, s'immobilisa, écouta et progressa. Un vent glacé se leva, faisant gémir les branches des arbres. Et toujours cette pénible impression d'être à la fois en Afrique et en Angleterre, de perdre des repères élémentaires. Le maître des lieux, avec une astuce diabolique, avait créé un domaine où vérité et mensonge s'unissaient si étroitement qu'on ne pouvait plus les séparer.

Les tours biscornues du sanctuaire dogon dressaient leur masse inquiétante comme des sentinelles de l'au-delà. Les yeux exorbités, au-dessus de la porte, brillaient d'une étrange lueur, animés par des esprits gardiens. Beaucoup auraient pris leurs jambes à leur cou. Higgins avait accompli trop d'efforts pour rebrousser chemin. Puisant dans sa mémoire, il murmura, non sans un accent prononcé, une prière dogon destinée à apaiser le gardien du sérail.

L'ex-inspecteur-chef pénétra dans le sanctuaire. Aucun démon ne l'assaillit : les vieilles prières avaient du bon. Higgins ne souhaitait nullement troubler le sommeil des puissances qui dormaient là; c'était Victoria Stanley qui le contraignait à effectuer cette visite contraire au règlement. N'avait-elle pas évoqué, lors du déjeuner, son journal intime? Et où avait-elle dissimulé ce précieux document sinon à l'endroit qu'elle vénérait, le sanctuaire dogon?

Derrière les pierres du foyer, à l'intérieur d'un coffret en métal repoussé, le journal intime de la vieille dame vivait replié sur lui-même. Il s'était interrompu le jour de son arrivée dans ce domaine où son fils Archibald régnait à l'écart du monde.

Si Higgins n'avait rempli les fonctions d'inspecteur-chef de Scotland Yard et, en conséquence, connu les multiples aspects de l'humanité, peut-être aurait-il rougi à la lecture des confidences d'une Victoria qui égrenait avec complaisance ses conquêtes amoureuses. Pour elle, la fidélité ne faisait pas partie des obligations du mariage. Pas un mot sur la mort de son mari et le drame africain. L'ardente mère du financier ne se consacrait qu'à ses passions, qu'elles fussent contrariées ou exaltées.

Higgins reposa dans leur cachette les feuillets grossièrement reliés.

Perplexe, il tira les conclusions de sa découverte qui seraient apparues à un enquêteur débutant. Scott Marlow n'avait peut-être pas tort, après tout.

Une longue randonnée à bicyclette ramena Higgins vers le pavillon de chasse. A quelque distance de la demeure d'Emily Stanley, il s'arrêta longuement. Près d'un bosquet qui annonçait l'entrée de la zone dangereuse, il identifia à nouveau un étrange parfum où dominait la puissante senteur du clou de girofle. Quelqu'un avait fumé la pipe ou le cigare à cet endroit.

Sur la gauche de Higgins, des branches craquèrent. Une ombre prit la fuite.

CHAPITRE XXI

Quand Higgins prépara le petit déjeuner, Marlow dormait encore. Lorsque l'ex-inspecteur-chef, à 5 h 39, était entré dans le pavillon de chasse par la fenêtre de la chambre, le superintendant ne s'était pas réveillé. Un léger ronflement indiquait la profondeur d'un sommeil bien gagné.

Il se réveilla brutalement à l'instant où les œufs commençaient à frire.

— Où suis-je ? Par saint Georges, mon fusil !

Higgins s'approcha et donna à son collègue un gant de toilette parfumé à la lavande.

— Mettez-le sur le front. Il dissipera votre cauchemar.

L'effet fut immédiat. Marlow revint sur terre.

— Sale histoire, Higgins... la reine était attaquée par des Boers et il n'y avait que moi pour la défendre.

— Vous auriez certainement réussi. Rien d'insolite, cette nuit ?

— Rien. J'ai pourtant monté bonne garde,

presque jusqu'à l'aube. Votre expédition a-t-elle été couronnée de succès?

— Si l'on veut. L'essentiel est d'être revenu vivant.

Irrité, Marlow comprit que, selon sa détestable habitude, Higgins refuserait de lui faire partager ses trouvailles. Sa rancœur diminua quand il goûta les œufs au bacon et les petits pois au thym qu'avait préparés son collègue avec une maestria incontestable.

— Fameux, reconnut-il.

— J'ai été suivi, révéla l'ex-inspecteur-chef.

La fourchette du superintendant demeura suspendue en l'air. Cette affaire prenait vraiment une tournure exceptionnelle. Des confidences de Higgins... qui aurait prédit ce miracle?

— Avez-vous identifié la femme?

— Hélas, non.

— Une simple filature?

— Aucune tentative d'agression.

— Je parierais assez sur Victoria. Elle connaît parfaitement les lieux et doit être capable de marcher pendant des heures.

— L'idée n'est pas absurde. Dans ce genre de situation, on pense plutôt aux jeunes; mais cette excellente femme est très vigoureuse, en effet. Dès que vous aurez terminé votre petit déjeuner, nous partirons pour le château.

— Vous ne mangez rien, Higgins?

— C'est fait, mon cher Marlow.

Se sentant coupable, le superintendant hâta l'allure. Aucun petit pois ne lui échappa.

*
**

La demeure d'Archibald Stanley était la proie d'une angoisse latente qui bloqua la digestion du superintendant. Victoria et Barbara discutaient à voix basse sur le seuil du bloc opératoire.

— Des nouvelles, mesdames?

— La chirurgienne refuse de nous en donner. Elle ne parlera qu'à vous. C'est un scandale!

— Non, madame Stanley. Une précaution.

Victoria Stanley contint à peine sa fureur; Barbara l'entraîna un peu plus loin.

— Laisse, grand-mère. Nous nous vengerons de ces gens-là.

La doctoresse Alconbury buvait un café. Elle semblait épuisée.

— Mon équipe et moi avons lutté toute la nuit. Je n'ose affirmer que M. Stanley soit sauvé mais j'estime que l'espoir grandit.

— A-t-il parlé?

— Non, il est encore dans le coma. Un individu hors du commun... il concentre toutes ses énergies pour écarter la mort. S'il survit, il restera peut-être inerte, incapable de bouger et de prononcer un mot.

*
**

— Merci de nous recevoir, dit Higgins à Barbara Stanley, assise derrière son bureau et ses téléphones qui ne cessaient de sonner.

— Je n'ai guère le temps. Vous constaterez que je suis occupée.

— Votre père va mieux. Mais il est trop tôt pour se prononcer.

— Merci de m'informer. Qu'attendez-vous de moi ?

Marlow observait avec circonspection la jeune femme dont l'agressivité l'irritait ; Higgins ouvrit son carnet.

— J'ai consigné un fait dont l'importance pourrait se révéler considérable : une altercation entre Emily Stanley et Laurie Warner, vers 18 h 45, dans la bibliothèque. Le confirmeriez-vous devant un tribunal ?

Barbara Stanley caressa de l'index son stylo à la plume en or.

— Sans hésitation, puisque c'est la vérité.

— Quand êtes-vous entrée dans la salle à manger ?

— Juste à l'heure prévue. Tout le monde croit que je n'ai aucun sens de l'heure. C'est inexact. Pourquoi perdre du temps en arrivant trop tôt à un rendez-vous ?

— Votre grand-mère était déjà là, n'est-ce pas ?

— Chacun son rythme de vie.

— Où se trouvait-elle entre 18 h 30 et 19 h 17 ?

Les yeux de la jeune femme s'agrandirent.

— Comment le saurais-je ?

— Vous auriez pu remarquer un détail insolite.

— J'ai beaucoup de travail.

— Au point de ne pas nous aider à trouver l'assassin de votre père ?

— Écoutez, inspecteur, vous devenez ridicule ! Iriez-vous jusqu'à prétendre que ma grand-mère a tiré sur son fils ? Présentez cette théorie devant un tribunal et votre carrière sera terminée.

— Elle l'est déjà, mademoiselle, et je n'ai pas coutume de présenter des théories. Si votre grand-mère est coupable, elle sera arrêtée en fonction de preuves indiscutables.

Barbara Stanley se leva.

— Je m'y opposerai avec la dernière fermeté.

— Croiriez-vous, vous aussi, à la culpabilité de Victoria Stanley ?

— Sortez.

— Donner des ordres est un art, mademoiselle. Vous ne le possédez pas encore. Ne quittez surtout pas ce domaine à l'improviste.

Dès que la porte de son bureau se referma, Barbara Stanley s'empara d'un coupe-papier et le jeta de toutes ses forces contre le mur le plus proche.

CHAPITRE XXII

Cette fois, annonça Scott Marlow avec enthousiasme, nous avons du solide : les résultats du laboratoire.

Higgins s'installa confortablement dans un fauteuil.

— Je vous écoute, mon cher Marlow.

Le superintendant ouvrit la grande enveloppe et en sortit une liasse de feuillets dactylographiés.

— En premier lieu, les balles sortaient bien des revolvers retrouvés dans le bureau de la victime. Nous détenons donc les armes du crime.

— Quant aux empreintes...

Marlow relut plusieurs fois les conclusions.

— La vérité, superintendant. Soyez ferme.

— Ce sont les miennes, Higgins. Uniquement les miennes !

— Détendez-vous : personne ne vous accuse d'avoir attenté aux jours d'Archibald Stanley. Les empreintes sur le cadre et sur la photographie ?

— Celles d'Archibald Stanley et aussi... de sa mère, Victoria.

Higgins nota les noms sur son carnet noir.

— Victoria, vous êtes bien sûr?

— Les experts de Scotland Yard ne se trompent jamais.

— Presque jamais. Les empreintes de Victoria Stanley... comme c'est bizarre.

— Bizarre ou pas, force est de nous incliner devant la science.

— Je m'incline.

Décidément, tout allait de travers : voici que Higgins manifestait une docilité qui ne lui était pas coutumière. Que pouvait-elle bien cacher?

— Quelles conclusions en tirer? Arrêter la vieille dame me paraît bien prématuré.

— Vous parlez en sage. Je vous propose une stratégie toute différente, mon cher Marlow : une longue promenade dans le domaine d'Archibald Stanley et un nouvel entretien avec nos quatre charmantes suspectes. L'air est embaumé et la pluie tiède : il serait dommage de ne pas en profiter.

Quelque peu déconcerté, le superintendant accéda aux vœux de Higgins. Pourtant, Marlow détestait la campagne, les chants d'oiseaux et l'odeur entêtante de l'herbe mouillée; il n'appréciait que le macadam, les rues encombrées de Londres, la pétarade des moteurs à explosion et, par-dessus tout, le confort relatif mais moderne de son bureau du Yard. Ces expéditions dans des contrées perdues le mettaient au supplice. Pendant qu'il conduisait, à contrecœur, une Bentley revigorée par le grand air, Higgins contemplait le paysage et s'imprégnait du génie des lieux, de la vision qu'Archibald Stanley avait portée en lui avant de la traduire sur ses terres. Il apprenait ainsi à mieux connaître la victime, à suivre son dédale, à comprendre les lois de cette Afrique réinventée et les motifs de cet extraordinaire exil au centre de sa propre fortune.

*
**

Miss Edmunds aida Emily Stanley à servir le thé, les scones, les muffins et le cake aux fruits dans le salon de printemps, puis se retira. Victoria Stanley ne masqua pas sa gourmandise. Barbara, nerveuse, ne tenait pas en place. Sa mère, très digne, s'était assise dans un angle de la pièce. Alanguie sur un canapé, Laurie Warner observait les policiers d'un œil ironique.

— Vous ne prenez pas de thé, inspecteur?

— Jamais pendant une enquête.

— Pourquoi cette nouvelle réunion? demanda sèchement Barbara Stanley.

— Toujours pour le même motif, mademoiselle : identifier l'assassin de votre père.

— C'est exaspérant, jugea la vieille dame. Ces scones sont lamentables.

— Qui accusez-vous? demanda Laurie Warner, très détendue.

— Les soupçons se précisent, indiqua Higgins amène. Mais il reste plusieurs petits détails à préciser. Archibald Stanley fume-t-il?

— Sûrement pas, répondit sa mère. Il a horreur

du tabac et interdit aux domestiques d'empester cette maison.

Higgins s'approcha de la maîtresse du financier.

— Est-ce bien exact?

— Mais oui. Il ne veut pas détériorer sa mémoire.

— Et vous-même?

— Une cigarette de temps à autre.

— Du tabac blond, très doux?

Laurie Warner croisa ses longues jambes mordorées.

— Vous percez à jour tous mes mystères, inspecteur.

— Je travaille dans ce sens.

Scott Marlow se sentait affreusement gêné par les attitudes concupiscentes de l'Eurasienne. Comment Higgins parvenait-il à rester aussi serein? Le superintendant avait parfois des doutes sur la rigueur morale de son collègue.

L'ex-inspecteur-chef s'adressa à Barbara Stanley.

— Vos rapports avec le tabac, mademoiselle?

— Inexistants. C'est une drogue qui affaiblit le caractère.

— Excellent jugement, confirma sa grand-mère. Dans la famille, nous avons toujours repoussé ces fumées nauséabondes et perverses.

Du coin de l'œil, Higgins consulta Laurie Warner. Si Barbara et Victoria Stanley mentaient, elle ne manquerait pas de se manifester. La belle Eurasienne se contenta d'un clignement de cils approbateur. Higgins se tourna vers l'épouse du financier.

— Je n'ai jamais fumé, affirma-t-elle d'une voix un peu tremblante. A la suite d'un accident pulmonaire, pendant mon adolescence, le corps médical m'a formellement interdit l'usage du tabac; ma belle-mère vous le confirmera.

Victoria Stanley avala un muffin. Un hochement de tête, aussi bref que dédaigneux, fut son seul commentaire.

— Pourquoi cette question? interrogea Barbara.

— L'ignorez-vous vraiment?

La jeune femme parut étonnée.

— Mais... bien entendu!

— A cause de la photographie, précisa Higgins.

Un silence pesant succéda à cette explication. Marlow nota qu'Emily Stanley maîtrisait mal son émotion.

— Pourriez-vous être plus clair? insista Barbara.

— Pas encore, mademoiselle. Mais cela ne tardera plus.

CHAPITRE XXIII

— Higgins ! Ce vieux forban ! Encore sur un meurtre bien sanglant, je parie. Si tu m'appelles, c'est qu'il y a du cadavre dans l'air. Tu peux compter sur ton ami Arthur. Les assassins ne m'ont jamais fait peur. Un mot de toi, et j'arrive !

— Ce ne sera pas nécessaire, dit l'ex-inspecteur-chef au colonel Arthur MacCrombie, le meilleur spécialiste britannique de la Seconde Guerre mondiale et des conflits en tous genres.

Le militaire disposait d'archives et de fichiers que bien des services officiels lui enviaient ; resté en contact avec d'autres gradés, il dirigeait un réseau d'informateurs aux compétences remarquables. Passionné par les enquêtes criminelles que menait Higgins, il lui reprochait pourtant de n'avoir pas fait une carrière dans l'armée, la seule institution digne de respect.

— Où te trouves-tu ?

— Chez Stanley, le financier.

— Son père a fait une belle guerre. Un passionné d'Afrique, si ma mémoire est bonne.

— Il a séjourné en pays dogon avec sa femme et son fils.

— Ah, les Dogons ! De bons chasseurs et de rudes guerriers. Avec eux, ça ne plaisantait pas. J'en aurais bien pris une dizaine sous mes ordres pour des opérations commando.

— Chasser dans cette région-là présentait des risques.

— Évidemment, vieux gredin ! Mais il y avait des guides. De vraies têtes brûlées que j'aurais bien lancées à l'assaut des forts nazis.

— Pourrais-tu me donner leurs noms ?

— Rappelle-moi dans une heure.

Ainsi fut fait. La plongée dans les archives avait mis MacCrombie d'excellente humeur.

— En pays dogon, à l'époque où les Stanley chassaient, il n'y avait qu'un seul guide compétent : Josse van Ryssel, un Belge. Un mercenaire tireur d'élite qui vendait ses services au plus offrant et mangeait du gibier à tous les repas.

— Avait-il une fille prénommée Emily ?

— Tu plaisantes ? Van Ryssel considérait tout lien familial comme une tare. Tu dis bien : Emily ? Il a été l'homme de confiance d'un certain Moody, un industriel qui s'est ruiné en Afrique où il ne possédait plus, à la fin, qu'une mine d'émeraudes abandonnée. Sa fille se prénommait bien Emily.

— Connais-tu la tête de ce personnage ?

— J'ai une photo. Il n'est pas très grand, plutôt costaud, barbu et tient un fusil avec un air de conquérant.

— Des bottes ?

— Affirmatif.
— Cigarette ou pipe?
— Négatif.
— A-t-il été mêlé à des histoires troubles?
— Genre meurtre? Pas à ma connaissance.
— Qu'est-il devenu?
— Il a complètement disparu. Mangé par un lion, probablement. Dès que ton assassin sera en cage, tu viens dîner. Mon nouvel aide de camp préparera une tourte grasse au fromage des Highlands dont tu me diras des nouvelles.

« L'amitié, pensa Higgins, est parfois un lourd fardeau pour le foie. »

*
**

Scott Marlow protesta avec vigueur.
— Higgins, vous n'y pensez pas!
— Justement si, mon cher Marlow.
— Il nous faut un mandat de perquisition en règle.
— Procédure lourde et encombrante qui retardera l'enquête. Avec un peu de chance, mon exploration ne sera pas trop longue.
— Et vous me demandez de surveiller la porte de ce grenier et d'interdire à quiconque d'y monter?
— Exactement.
— Mais enfin, Higgins, les propriétaires légitimes...
— Le seul propriétaire légitime est hors d'état de se déplacer.

— Que comptez-vous trouver là-haut?
— Une photographie.

*
**

Comme l'ex-inspecteur-chef l'avait supposé, l'immense grenier regorgeait de petits trésors, de meubles oubliés, d'objets cassés ou inutiles. Il délaissa la partie typiquement britannique de l'endroit pour s'approcher d'un recoin sous les poutres apparentes où étaient entassés des tambours africains, des étoffes colorées et des poteries. Une malle, fermée avec un cadenas, l'intrigua. Demander à Marlow l'autorisation de l'ouvrir prendrait trop de temps. Aussi se résolut-il à utiliser un petit instrument métallique, discret et pratique, auquel nulle serrure ne résistait.

A l'intérieur, des fleurs séchées et des albums de famille. Dans le plus épais d'entre eux, des photographies prises pendant le séjour des Stanley en Afrique. Higgins s'attarda quelques instants sur de superbes femmes dogon aux seins nus, portant un pagne à quatre bandes, ornées de bracelets et de colliers de perles vertes. Des paysages rappelèrent à l'ex-inspecteur-chef l'admirable description de Livingstone : « Le soleil du matin renaît en panaches humides des riches couleurs d'un triple arc-en-ciel. Les rayons du soir, émanant d'un ciel ruisselant d'or, leur communiquent une teinte sulfureuse qui fait ressembler ce gouffre béant à la gueule de l'enfer. Pas un oiseau ne perche dans le sombre massif où retombe la pluie de ces colonnes;

pas un n'y chante, pas un n'y fait son nid... en présence de cette ombre épaisse, de ce déchirement du sol, de ce fleuve qui s'engouffre et rejaillit en fumée, nous comprenons les êtres qui, dans l'enfance du globe, peuplaient l'air, la terre et les eaux ; réunion de formes étranges où celle de l'homme n'existait pas. »

Higgins n'espérait pas mettre la main sur le document où figuraient les quatre hommes ; sans doute avait-il été détruit. Il ne fut pourtant pas déçu de sa moisson : portraits d'Emily et d'Archibald au bord du Niger, dans le couchant ; de Stanley père, en costume de chasse, aux côtés de Victoria ; groupes familiaux rieurs et heureux de vivre ; et surtout un homme de petite taille, barbu, tenant un fusil et serrant la main du père d'Emily. La mauvaise qualité de la prise de vue ne laissait guère deviner les traits du visage ; néanmoins, Higgins eut la certitude d'être en présence du guide belge, Josse van Ryssel.

Satisfait, l'ex-inspecteur-chef explora quelques autres recoins. Mais le grenier avait délivré l'essentiel. Aussi redescendit-il sans à-coups afin d'épargner ses genoux. En arrivant au bas de l'escalier, il éprouva une curieuse gêne. Quelqu'un l'épiait. Il se retourna, écouta. Aucun plancher ne grinçait. Il colla l'oreille à la porte qui donnait dans le couloir et perçut un souffle.

De l'autre côté, quelqu'un l'attendait.

Higgins ouvrit.

— Madame Stanley ! Quelque chose ne va pas ?

CHAPITRE XXIV

La vieille dame ne manifesta aucune émotion.

— Que cherchiez-vous dans mon grenier?

— Vous voulez dire : dans celui d'Archibald Stanley?

— Peu importe; répondez immédiatement à ma question. Je déteste qu'on fouine

— Nous allons nous expliquer. Auparavant, éclairez-moi : où avez-vous caché le superintendant Marlow?

— Il avait soif. Je lui ai indiqué le chemin de la cuisine de printemps. Il s'est sans doute égaré.

Higgins laissa entrouverte la porte du grenier et s'assit sur une marche. D'une poche, il sortit le carnet noir et commença à le feuilleter. Victoria Stanley demeura debout, les bras croisés, telle une statue de la dignité outragée.

— Ne croyez-vous pas que le temps de la sincérité soit venu? demanda-t-il d'une voix paisible.

— Ce n'est pas impossible.

— Qu'est devenu Josse van Ryssel?

— Il ne s'agit pas d'un Anglais. Son destin ne m'intéresse pas.

— Un Belge, chasseur de fauves et guide de touristes fortunés. Vous vous souvenez de lui?

— L'homme qui nous a amenés en pays dogon?

— Lui-même.

— Il a disparu.

— Vous a-t-il donné signe de vie? Vous avouez au moins l'avoir connu.

— Je n'ai rien à cacher.

— Vous passiez pourtant son existence sous silence.

— Ce n'était qu'un domestique. Je n'avais donc pas à en parler.

— Ne devriez-vous pas relater, en revanche, les circonstances de la mort tragique de votre mari?

La vieille dame joignit ses mains gantées.

— Ces heures si douloureuses...

— Je comprends votre peine mais la vérité exige un effort. Accident de chasse, n'est-il pas vrai?

— Peut-être... ou bien accident tout court. Les armes à feu sont dangereuses, même pour qui croit savoir les manier.

— Votre mari et le père d'Emily s'étaient-ils querellés?

— Des propos un peu vifs... rien d'étonnant, au cours d'un safari. On traque les fauves, on les rate, les esprits s'échauffent. Notre guide n'avait pas un excellent caractère et mon mari manquait de patience. Quant au père d'Emily, il se montrait plutôt soupe-au-lait. Quelques frottements étaient inévitables.

— Frottement n'est-il pas un terme trop faible ?

— Si vous connaissiez l'Afrique, vous sauriez que les sentiments y prennent des allures extrêmes. Un peu de susceptibilité, une trop forte chaleur, la tension qui monte... personne n'y échappe. Mon mari n'acceptait aucune critique, même quand il était en faute.

— Vous supposez donc que le père d'Emily l'a agressé, qu'ils se sont battus et que leur affrontement s'est très mal terminé ?

— On peut imaginer n'importe quoi. Nous les avons retrouvés morts.

— Cause du décès ?

— Je l'ignore. Personne n'a osé toucher aux cadavres. Nous étions bouleversés et comptions sur la police pour éclaircir le drame.

— Comment se comportait le guide belge ?

— Il avait quitté le campement pour s'occuper d'autres clients.

— Et vous l'avez laissé partir ?

— Comment s'y opposer ? Nous n'étions pas au bout de l'horreur. Au petit matin, les corps avaient disparu. L'un des porteurs affirma que des Dogons cannibales les avaient dérobés après avoir perpétré le crime. Des nuages voilaient la lune, un rideau de pluie barrait le chemin. Il paraît que...

La vieille dame s'étrangla. Quelques secondes furent nécessaires pour qu'elle reprenne son souffle.

— Il paraît qu'ils les ont découpés en morceaux après avoir arraché le cœur et le foie. En mangeant leurs ennemis, ils s'approprient leur force et, surtout, évitent une nouvelle réincarnation. Vous vous rendez compte, inspecteur? Ils préparent une bouillie avec de la chair, des légumes et du mil! Des sauvages, des monstres, des démons surgis de l'enfer!

— Le même jour, conclut Higgins, votre mari et le père d'Emily sont morts de manière inexpliquée et inexplicable. Ne s'agirait-il pas d'un double meurtre en rapport avec la tentative d'assassinat contre votre fils?

La main gauche de la vieille dame tremblait. Elle sembla soudain très loin de ce couloir où elle dialoguait avec un inspecteur du Yard.

— Tous les hommes sont mauvais, brutaux et menteurs, sauf Archibald. Lui n'est jamais sorti du droit chemin. Les femmes ne valent guère mieux. Que cette humanité aille vers sa destruction m'indiffère; elle ne mérite pas de survivre, surtout si mon petit Archibald passe de l'autre côté. Il était le seul à pouvoir la mater.

Victoria Stanley, voûtée, s'éloigna. Higgins ne la retint pas, préférant compléter ses notes. L'information qu'elle venait de lui fournir, sans doute à son insu, était d'une importance capitale. Grâce à ce minuscule détail, l'affaire prenait un tour nouveau et certains événements devenaient compréhensibles bien que l'identité de l'assassin demeurât incertaine. Il faudrait parcourir d'autres chemins pour atteindre le mystère et lever le voile.

Scott Marlow apparut à l'extrémité du couloir.

— Avez-vous étanché votre soif, superintendant?

— Malheureusement non. Cette maison est un vrai labyrinthe.

— Victoria Stanley vous a peut-être mal orienté ?

— Désolé d'avoir abandonné mon poste pour quelques instants... avec elle, vous ne risquiez rien.

— Je n'en suis pas certain. Il n'y a pas d'âge pour le crime et vous comme moi pourrions devenir gênants si nous remuons trop le passé.

— Comptez sur moi, Higgins : force restera à la loi.

— Je compte effectivement beaucoup sur vous, mon cher Marlow. Vous qui êtes un adepte des techniques modernes, vous devriez vous pencher sur les nombreuses machines qui encombrent le bureau de Barbara Stanley.

— Vous vous intéressez aux ordinateurs ?

Le superintendant était stupéfait. Il connaissait — et condamnait — l'aversion de son collègue pour les progrès technologiques. De quelle métamorphose était-il l'objet ?

— Elle ne me laissera pas faire.

— Introduisez-vous chez elle pendant que je l'interrogerai.

— Mais enfin, Higgins...

— Soyez brillant, superintendant.

CHAPITRE XXV

La doctoresse Alconbury ôta sa blouse blanche.

— J'ai de bonnes nouvelles, inspecteur.

— Archibald Stanley est-il hors de danger?

— Presque. S'il passe correctement la nuit prochaine, il vivra.

— En recouvrant l'usage de ses facultés?

— Trop tôt pour l'affirmer.

— Mes félicitations.

— Je n'ai fait que mon devoir.

— Pourquoi cette restriction?

— On ne peut pas aimer tous ses malades, inspecteur, mais on doit tout faire pour les sauver.

— Aucun incident à signaler?

— Aucun.

⁂

Barbara Stanley était furieuse. Elle arpentait la bibliothèque à grandes enjambées et revenait sur ses pas en gesticulant.

— Je ne supporterai pas plus longtemps d'être

traitée comme une gamine attardée, inspecteur! Vous me dérangez, vous m'arrachez à mon travail et vous m'emmenez ici séance tenante... et pour quelle raison? Pour admirer des reliures!

Higgins, de fait, se régalait avec de magnifiques éditions de Shakespeare et de Chaucer. Le financier avait un goût certain pour les œuvres de qualité présentées dans des écrins précieux.

La jeune femme marcha vers Higgins et l'apostropha.

— Que me voulez-vous, inspecteur? Si vous refusez de me répondre, je m'en vais.

— Ne soyez pas si impatiente, mademoiselle.

— Si vous me soupçonnez d'un acte abject, dites-le.

— Je vous soupçonne comme les trois autres femmes impliquées dans cette affaire.

Barbara Stanley, piquée au vif, fit tourner l'un de ses bracelets en or sur son poignet.

— C'est sérieux?

— Un meurtre l'est-il?

Soucieuse, la fille du financier alla s'asseoir et palpa le cuir souple enchâssant des poèmes élisabéthains.

— Qu'avez-vous réellement appris?

— Seriez-vous désireuse de m'interroger?

Contrariée, Barbara Stanley jeta au loin le précieux volume. Higgins le ramassa et le rangea sur une étagère.

— Il ne faut pas frapper un livre. C'est un compagnon fidèle qui ne trahit jamais.

— Pardonnez-moi... mais vous jouez trop avec mes nerfs.

— Parlez-moi de vos études à Oxford.

— Cela vous intéresse tellement?

— J'aimerais connaître le détail de vos journées et la teneur de vos cours.

Elle se lança dans une description de plus en plus passionnée de son travail, de ses recherches, de ses examens, de sa vocation d'économiste. Barbara s'exprimait avec une grande facilité et réussissait à passionner son auditoire. Sa brillante péroraison dura près de trois quarts d'heure, au terme desquels Higgins manifesta à la fois admiration et embarras.

— Vous êtes promise au plus brillant avenir, admit-il. Mais il me faudrait une précision qui pourrait vous embarrasser.

— Dites toujours.

— Le nom de vos... fiancés les plus sérieux.

Barbara fit la moue mais ne se déroba pas.

— Il y en a eu deux que mon père a également repoussés : John Fellow, un étudiant en droit et Barney Phillips, un joueur de polo.

— Leur âge?

— Vingt-deux et vingt-six ans.

— Les revoyez-vous quand même?

— Non.

— Ont-ils accepté facilement cette rupture?

— Ils n'avaient pas le choix.

Scott Marlow fit son entrée dans la bibliothèque. Il adressa un clin d'œil discret et complice à Higgins. Barbara Stanley se leva de nouveau.

— Suis-je libre de me retirer?

— Pour le moment, oui.

De nouveau très agitée, la jeune femme sortit dans un cliquetis de bijoux.

Plutôt fier de lui, Scott Marlow sortit de sa poche un carnet marron sur lequel il avait pris des notes.

— Nous tenons quelques petites choses intéressantes. Cette investigation, en dépit de son côté illégal, a porté ses fruits. Si je n'avais redouté d'être surpris, j'en aurais obtenu davantage. Mais déjà...

Dans ses moments de triomphe, le superintendant avait tendance à phraser pour retarder ses révélations. Higgins lui accorda ce modeste plaisir.

— Déjà, continua-t-il, je suis persuadé que Barbara Stanley est une femme d'affaires redoutable. D'un côté, elle reçoit des demandes de la part des employés de son père; de l'autre, elle mène sa propre politique. Ces chiffres, ces codes, ces ordres de transfert d'actions que j'ai relevés semblent être des initiatives personnelles. Si l'on en juge par les résultas enregistrés, elle obtient des succès retentissants. Archibald Stanley a bien formé sa fille. Si nous avions le même équipement, dans mon bureau, les criminels ne battraient plus la campagne... en très peu de temps, j'ai réussi à tout comprendre sans avoir besoin de remuer des tonnes d'archives.

— Magnifique travail, mon cher Marlow. Attendez-moi ici quelques instants.

Higgins appela Watson B. Petticott qui interrompit une réunion pour répondre sans délai à son ami.

— Depuis l'attentat, le volume d'affaires traité par les filiales de Stanley ne s'est-il pas accru de façon notable?

— Très notable, en effet. Mais l'information n'a pas été divulguée. Aurais-tu des dons d'extra-lucide ? Il se passe même des événements étranges ; certains investisseurs procèdent à des transferts de capitaux qui modifient de façon sensible la physionomie de l'empire Stanley. Rien de négatif, au contraire. Il s'agit plutôt d'un changement de politique générale avec des prises de risques calculées.

— Ce sont donc de grands patrons, dépendant de Stanley, qui prennent des initiatives ?

— Exactement.

— Connais-tu leur identité ?

— Pas encore. Ils agissent sous des noms de code.

— Je désire les connaître.

— Rien de plus simple. Secret d'État, bien entendu.

— Je suis une tombe, mon cher Watson.

— Et moi je t'invite à dîner dès que tu tiens ton assassin. Tu n'imagines pas à quel point je suis impatient de tout savoir. La Couronne et le gouvernement aussi, malheureusement.

*
**

Scott Marlow consultait ses notes. Il tentait d'en tirer une théorie constructive qu'il pourrait relier à la tentative de meurtre. A part de substantiels bénéfices au profit des sociétés de Stanley, il ne distinguait rien de spectaculaire.

Higgins s'assit en face de lui ; la grande table en

chêne de la bibliothèque séparait les deux policiers. L'ex-inspecteur-chef, cette fois, était contraint de demander des informations précises au superintendant. Ce dernier n'avait certes pas l'intention de se taire, mais les distiller au compte-gouttes lui apparaissait comme une excellente solution. Il était ravi que Higgins appréciât à son juste prix la valeur de son collègue.

— Noms de code, disiez-vous ?

— Les ordres de vente et d'achat sont signés ainsi.

— Siphon, vous l'avez ?

Marlow pâlit.

— Oui.

— Rapace ?

— Oui...

— Taupe ?

— Comment le savez-vous, Higgins ?

— L'intuition, mon cher Marlow.

CHAPITRE XXVI

Higgins rappela Watson B. Petticott à la banque d'Angleterre et lui donna une information qu'il lui demanda de diffuser dans les milieux financiers : Archibald Stanley était sauvé. Le banquier agirait avec discrétion et insisterait sur le caractère très confidentiel de cette surprenante nouvelle que le Yard ne communiquerait à la presse que dans deux ou trois jours.

L'ex-inspecteur-chef pria le superintendant d'obtenir au plus vite l'adresse et le téléphone de John Fellow et de Barney Phillips, résidents à Oxford et impliqués dans l'affaire Stanley. A peine avait-il terminé son entretien que la fille du financier sollicita une entrevue. Ni son bureau ni la bibliothèque ne lui convenaient. Elle préférait faire quelques pas à l'extérieur.

— Redoutez-vous des oreilles trop curieuses?

— Peut-être… ce que j'ai à vous dire doit rester secret.

— De qui avez-vous peur?

— Je l'ignore. Depuis un mois, environ, j'ai

l'impression d'être épiée. La première fois, j'ai cru que je me trompais ; puis j'ai revu le même personnage qui disparaissait et se cachait dès que mes yeux se posaient sur lui.

— Pourriez-vous me le décrire ?

— Imperméable, chapeau, lunettes noires et foulard. Taille moyenne.

— Un véritable déguisement.

— Très réussi. Je suis incapable de vous dire s'il s'agit d'un homme ou d'une femme.

— Avez-vous reçu des menaces ?

— Non.

— Un des policiers privés engagés par votre père pour vous surveiller ?

— Certainement pas. Je les connais tous ; ils ne se comportent pas de cette manière.

— L'ont-ils remarqué ?

— Hélas non ! Ce personnage est particulièrement astucieux ; il disparaît avec une habileté déconcertante.

— Un de vos fiancés éconduits ?

— Possible. Je vous avoue que j'ai... un peu peur.

— Quand vous retournerez à Oxford, nous réglerons ce problème.

— Et si cet individu avait réussi à pénétrer dans le domaine ?

— Avec l'intention de supprimer votre père puis vous-même ?

— Vous lisez dans ma pensée. Supposez que le danger soit dans nos murs : mon père est bien protégé mais moi... Si l'on voulait détruire l'empire

Stanley, on ne procéderait pas autrement. Nous avons tellement d'ennemis capables de payer un tueur !

***

Scott Marlow avait fait diligence. Au bout du fil, le premier suspect, John Fellow, qui avait été appréhendé à la sortie d'un cours de droit pénal. La voix du jeune homme était aigre et haut perchée.

— Cette interpellation me déplaît. Je porterai plainte. A qui ai-je l'honneur?

— Higgins, Scotland Yard.

L'agressivité de l'étudiant baissa de plusieurs tons. Il connaissait le nom de l'ex-inspecteur-chef et savait qu'il s'occupait encore d'énigmes criminelles. Avoir affaire à lui était plutôt inquiétant.

— Je n'ai tué personne et j'ai un alibi, affirma John Fellow.

— Nous verrons bien. Pour le moment, contentez-vous de répondre à mes questions. Étiez-vous plus ou moins fiancé à Barbara Stanley?

— Fiancé, moi? Jamais de la vie! Une camarade, rien de plus.

— Avez-vous rencontré son père?

— Bien sûr que non! Il se cache depuis vingt ans.

— Ce n'est pas lui qui a empêché votre mariage?

— Mariage? Quel mariage?

— Revoyez-vous Barbara?

— Bien entendu. Je vous répète que c'est une camarade; plutôt distante, d'ailleurs. Il n'existe aucune relation sentimentale entre nous. Je le regrette bien, car sa fortune...

— Parfait, monsieur Fellow. Vous êtes libre.

Barney Phillips s'entraînait sur un terrain de polo. Furieux d'être dérangé, il apostropha vertement l'ex-inspecteur-chef et qualifia Scotland Yard d'épithètes désagréables, comparant ses méthodes à celles des pays totalitaires.

— Vous devriez vous calmer, monsieur Phillips.

— Pour quelle raison ?

— Parce que vous pourriez être accusé de meurtre.

— Ça, c'est la meilleure ! Le Yard serait-il un asile rempli de maniaques et d'illuminés ?

— Vous étiez bien l'amant de Barbara Stanley ?

— Moi ? Vous divaguez. J'ai joué quelquefois au polo avec elle, c'est tout !

— Pas de fiançailles ni de mariage en vue ?

— Je n'ai qu'une religion, inspecteur : le célibat. Si tout le monde la pratiquait, le monde serait plus heureux.

— Archibald Stanley ne s'est donc pas opposé à votre union avec sa famille ?

— D'aucune manière. Je n'ai jamais vu ce monstre de la haute finance. Alors, et ce meurtre ?

— Une vieille lune, monsieur Phillips. Jouez tranquille.

*
**

Watson B. Petticott était un homme pondéré et maître de lui. Pourtant sa voix tremblait d'excitation.

— Des nouvelles extraordinaires, Higgins !

— Je n'en doute pas.

— J'ai identifié Siphon et Rapace. Ce sont deux dirigeants de sociétés qui appartiennent à Stanley, l'une au Brésil, l'autre en Suisse. Malheureusement, tu ne pourras pas les interroger.

— Pourquoi donc ?

— Après avoir appris que leur patron était hors de danger, ils se sont tiré une balle dans la tête.

— Logique, estima Higgins. Et « Taupe » ?

— Filière bloquée et secret bien gardé. Les investigations seront difficiles.

— Ne perds pas ton temps.

— Tu l'as identifiée ?

— C'est possible.

— Je ne t'ai pas tout dit. La résurrection de Stanley a provoqué la réaction d'un des plus importants agents de change de la City. Il vient de sortir de mon bureau après avoir avoué qu'il recevait des renseignements confidentiels et passablement illégaux de la part d'une personnalité qui connaissait à merveille le fonctionnement de l'empire Stanley. Des renseignements si précis qu'ils proviennent obligatoirement de l'entourage le plus proche du financier.

— Une femme ?

— Exact.

— Son nom ?

— Il a longtemps hésité à me le donner mais j'ai mené mon enquête à ta manière… tu vois ce que je veux dire ?

— Certainement.

— L'homme tremblait de peur. Il redoute une réaction violente de Stanley et voudrait bien se mettre à l'abri. Tu pourrais le protéger?

— Mon collègue s'en occupera. L'identité de sa commanditaire?

— Tu ne me croiras jamais.

— Essayons quand même.

— Merle Oberon.

CHAPITRE XXVII

— Mais enfin, Higgins, c'est insensé ! On ne va quand même pas arrêter une actrice célèbre, la première dame du cinéma anglais !

— Qui vous l'a demandé ?

— Vous avez bien parlé de... Merle Oberon ?

— Sans nul doute et vous pouvez considérer l'information comme très sérieuse.

— Mais alors...

— Il ne s'agit pas pour autant de l'interprète d'Ann Boleyn dans *Henri VIII* ou de la Cathie des *Hauts de Hurlevent*. Un pseudonyme, mon cher Marlow ; Un pseudonyme choisi avec soin.

— Qui s'est permis ?

— Une personne à la fois intelligente et fragile qui mésestime les capacités de déduction du Yard.

— Nous tiendrions... l'assassin ?

— Une voleuse fort habile et très compétente en matière de finances, c'est certain. Pour le reste... du doigté et de la méthode nous permettront d'y voir plus clair. Allons dîner dans notre pavillon de chasse.

— Nous n'intervenons pas immédiatement?

— Un peu de repos nous est indispensable. L'aube prochaine nous apportera sa clarté.

Quand Higgins retombait dans ses tendances mystiques, le superintendant fulminait intérieurement. Cette fois, il se concentra sur la perspective d'un repas tranquille et bien arrosé.

*
**

La cave du pavillon de chasse était convenablement garnie. Higgins conseilla à son collègue un volnay qui accompagna avec un égal bonheur le saumon aux fines herbes et un ragoût de bœuf que miss Edmunds avait eu le bon goût de déposer.

Marlow bâilla.

— 21 heures, constata-t-il. C'est un peu tôt pour dormir mais je me sens épuisé.

— Il faudra faire appel à vos ressources les plus intimes, indiqua Higgins.

— Pourquoi donc?

— Parce que nous devons nous rendre à Londres cette nuit même.

— Est-ce vraiment indispensable,

— Je le crains.

Lutter était inutile. Avec l'héroïsme tranquille des vrais serviteurs de la vérité, le superintendant prit le volant de la Bentley au moteur guilleret. Il dut même se méfier de ses accélérations retrouvées qui la lançaient à l'assaut des miles avec une gloutonnerie de voiture de course.

Elle consentit cependant à s'arrêter devant un

hôtel particulier de Glenmor Street, une petite artère mal éclairée. Higgins sonna. Le portier l'observa à travers un œil.

— Je viens de la part du colonel MacCrombie.

La lourde porte en bois des îles s'ouvrit.

— Vous êtes membre du club?

— Non. J'aimerais m'entretenir avec le frère du colonel.

— C'est urgent?

— Très urgent.

— Je vais voir... patientez dans le hall.

De multiples effluves de tabacs mélangés agressèrent les narines de l'ex-inspecteur-chef. Barrymore MacCrombie ne le fit pas attendre longtemps. Le frère du colonel, qui n'appartenait pas à la confrérie réunissant les amis de Higgins, lui vouait pourtant une sincère admiration.

— Le Yard ici... un de nos membres aurait-il commis une infraction?

— Rassurez-vous. Je désire simplement procéder à une identification technique. Une senteur qui m'intrigue.

— Nous allons arranger ça; passons dans la grande salle. Je vous nomme membre temporaire du club.

— C'est beaucoup d'honneur.

— Mais non, mais non... recevoir le meilleur nez de la police de Sa Majesté est un événement. Suivez-moi.

Le club de Glenmor Street rassemblait les amateurs des tabacs les plus rares et les plus prisés. Les fumeurs de pipe et de cigares se livraient une lutte paisible qui se traduisait en volutes odorantes emplissant une salle immense où il était presque impossible d'identifier son voisin.

Higgins et son guide traversèrent la fumerie et entrèrent dans une pièce oblongue où une dizaine de personnages très dignes, tous vêtus d'une redingote, triaient des feuilles de tabac et fumaient de temps à autre de minuscules cigares après avoir bu un verre de lait, seul moyen d'effacer un goût avant d'en retrouver un nouveau.

— Voici les plus fins connaisseurs de tabac de la planète, annonça fièrement MacCrombie. Le vôtre se trouve forcément sur cette table ou dans nos réserves.

Le frère du colonel s'adressa avec solennité à la docte assemblée.

— Messieurs, cette procédure est couverte par le secret d'État. Je vous prie de participer à l'enquête menée par l'inspecteur Higgins. Ayez l'obligeance de fumer nos espèces les plus rares.

Higgins huma. Lorsque le cinquième fumeur déploya une feuille de tabac à la fois résistante et élastique, en découpa un morceau qu'il mâcha et un autre qu'il fuma, l'ex-inspecteur-chef reconnut aussitôt l'odeur de clou de girofle.

— Voilà ce que j'ai senti. D'où provient ce tabac?

— Très bonne qualité, produit rare réservé aux connaisseurs. Origine : Afrique, plus précisément Cameroun.

***

A lui seul, l'appartement de Laurie Warner était un petit palais. Boudoir, jardins d'été et d'hiver, salon de maquillage, salon de repos, immense cheminée et, pour couronner l'ensemble, un lit en argent massif sur une estrade de marbre, entouré de voiles blancs et surmonté d'un dais en jaspe. Au-dessus de la tête du lit, un portrait de la maîtresse du financier en Vénus sortant de l'onde.

Laurie Warner était soucieuse. Elle avait écouté l'*Ode à sainte Cécile* de Haendel et lu quelques pages de Thackeray sans parvenir à se libérer des inquiétudes qui finissaient par l'obséder. Que l'épreuve fût rude, qui en aurait douté ? Privée de son protecteur, elle avait tout à redouter. Si Archibald Stanley retrouvait l'usage de toutes ses facultés, la garderait-il auprès de lui ? S'il demeurait grabataire, incapable de parler, qui prendrait les décisions à sa place ?

Elle s'étendit sur le lit. Les pans de son déshabillé, fouettés par un courant d'air, se rabattirent sur son visage. Elle se leva pour fermer la grande fenêtre donnant sur le parc mais s'arrêta au milieu de la pièce.

Un hôte indésirable s'était introduit dans la chambre après avoir escaladé le mur et poussé la fenêtre entrebâillé.

— Vous... comment osez-vous ?

L'hôte avança, lèvres serrées, poings fermés.

— Vous venez pour me tuer, n'est-ce pas ? Vous avez peur que je parle... vous vous trompez. Je ne dirai rien. Votre cas ne m'intéresse pas. Je dois m'occuper de moi... de moi, vous m'entendez ?

Laurie Warner était à la fois terrorisée et très calme. Elle savait sa vie menacée. Son agresseur ne plaisantait pas.

— Me supprimer, c'est bien votre projet... à votre place, je renoncerais. Vous laisserez des traces et Scotland Yard vous retrouvera. Vous ne sauverez pas votre tête.

L'hôte semblait incapable de parler, tant il était tendu. L'Eurasienne sentit qu'il n'avait pas encore pris sa décision.

— En m'assassinant, vous n'arrangerez rien. Les soupçons ne se portent pas encore sur vous. Moi, je me tairai.

L'agresseur recula d'un pas. Il dévisagea longuement la maîtresse en titre de Stanley puis se retourna, courut jusqu'à la fenêtre et disparut.

CHAPITRE XXVIII

La doctoresse Alconbury arborait un large sourire.

— Il est réellement hors de danger, inspecteur. C'est tout à fait incroyable ! Cet homme paraît indestructible ; sa vitesse de cicatrisation est celle d'un athlète en pleine santé. Son cas mériterait de figurer dans les annales de la chirurgie.

— Est-il sorti du coma ?

— J'espère qu'il pourra bientôt parler. Comment faire des diagnostics sérieux ? S'il se levait dans moins d'une semaine, je ne serais même plus étonnée.

— Voilà d'excellentes nouvelles.

— Je vous demanderai une faveur, inspecteur.

— S'il est en mon pouvoir de vous l'accorder...

— Quand M. Stanley vous donnera le nom de son assassin, je ne désire pas être présente. Si je pouvais tout ignorer, je m'en porterais mieux.

***

Sur la route du retour, la Bentley, polluée par

l'air londonien, était tombée en panne. A l'aide d'une manivelle, Scott Marlow avait réussi à relancer le moteur. Épuisé par l'incident, le superintendant s'était endormi d'un lourd sommeil auquel Higgins n'avait pas jugé bon de l'arracher.

L'ex-inspecteur-chef se devait donc d'affronter seul une redoutable épreuve : rencontrer Laurie Warner et franchir la forteresse de mensonges et de faux-fuyants qu'elle avait dressée autour d'elle-même. A neuf heures du matin, il frappa à la porte des appartements privés de l'Eurasienne.

En l'absence de domestiques, elle fut contrainte d'ouvrir elle-même et ne se pressa pas pour franchir la distance considérable qui séparait sa chambre de l'atrium d'entrée au centre duquel se célébraient les jeux d'eau d'une fontaine illuminée jour et nuit.

— Inspecteur... est-ce donc si urgent ?

— Je le redoute.

Laurie Warner n'était vêtue que d'un déshabillé rose diaphane et arachnéen qui rendait un hommage discret mais précis à ses formes parfaites.

— En ce cas, donnez-vous la peine d'entrer.

Higgins s'exécuta, prenant soin de laisser errer son regard sur les stucs, les marbres et les tentures.

— Avez-vous pris votre *breakfast* ?

— Le porridge était convenable.

— Vous êtes un lève-tôt.

— Seulement en période d'enquête.

— J'ai l'habitude de nager tous les matins... seriez-vous indisposé si l'interrogatoire avait lieu à la piscine ?

— Je n'y vois aucun inconvénient.

Higgins suivit la jeune femme qui marchait en se déhanchant avec souplesse. Elle descendit un escalier en spirale qui aboutissait à une grande piscine entourée de mosaïques colorées. Sauna *pool-house*, douches et hammam s'ajoutaient au splendide plan d'eau qu'éclairaient des lampes multicolores insérées dans le plafond.

— Attendez-moi quelques instants, je vais me changer.

L'ex-inspecteur-chef craignit que l'Eurasienne ne réapparût dans le plus simple appareil. Il aurait pourtant accepté cette fatalité avec résignation mais Laurie Warner avait enfilé un maillot vert tendre. Aérienne, elle plongea avec grâce et nagea plus d'un quart d'heure. Higgins s'était assis sur un banc de marbre et la regardait; voir une œuvre d'art en mouvement était un privilège dont il n'entendait pas se priver.

Elle sortit de l'eau, se couvrit d'un peignoir rouge et se plaça en posture de scribe devant Higgins.

— Je vous écoute, inspecteur.

— Acceptez-vous de me dire la vérité ou dois-je arracher vos masques, au risque de vous faire souffrir?

L'Eurasienne sortit de la poche gauche de son peignoir un paquet de cigarettes blondes. La fumée s'éleva. Une odeur douceâtre parvint aux narines de Higgins.

— Faites votre métier, recommanda-t-elle.

— Le soir de l'attentat, à quelle heure êtes-vous entrée dans la salle à manger?

— Peu de temps avant l'heure du rendez-vous.

— Qui se trouvait là ?

— Victoria et Emily Stanley.

— De quoi parlaient-elles ?

— De rien. Elles se faisaient la tête, comme d'habitude.

— Barbara est donc arrivée plus tard.

— Au dernier moment.

— Essoufflée ?

— Pas du tout. Couverte de bijoux et très sûre d'elle-même. Mlle Stanley aime assez se donner en spectacle et montrer sa toute-puissance.

— Vous la détestez.

— Oui, d'une haine tranquille et constante. C'est une attitude lucide.

— Des reproches précis ?

— Barbara est le genre de femme qui répandra la peine autour d'elle. Elle aime trop le pouvoir pour ne pas causer le malheur.

Higgins consulta son carnet.

— D'après certains témoignages, vous vous seriez querellée avec Emily Stanley environ un quart d'heure avant le rendez-vous fixé par votre amant.

L'Eurasienne fit semblant de réfléchir.

— Tiens, c'est curieux... je ne m'en souviens pas. Où aurait eu lieu cette scène déplorable ?

— Dans la bibliothèque.

— Une dispute de mégères au cœur de la culture... lamentable ! Emily Stanley a-t-elle avoué ?

— Non.

— Supposez-vous qu'elle ment?

— Permettez-moi de garder quelques petits secrets.

— Levez au moins le voile sur l'identité de vos témoins... non, vous n'accepterez pas. Je dois deviner. Je parie qu'il y a cette chère Victoria qui a dû coller l'œil au trou de la serrure et inventer, une fois de plus, l'une de ces scènes croustillantes auxquelles elle rêve toutes les nuits. « Certains témoignages »... un pluriel, je suppose? Donc, un second rapport sur mes activités. Barbara, à coup sûr. Elle ne passe jamais devant la bibliothèque et ce soir-là, précisément, elle se trouve à point nommé pour surprendre une altercation. Le hasard fait bien les choses.

CHAPITRE XXIX

— Le hasard est une denrée inacceptable dans le domaine des enquêtes criminelles, déclara Higgins.

L'Eurasienne allongea ses jambes bronzées.

— Vous admettez donc que vos deux témoignages sont sujets à caution.

— A moins que vous ne reconnaissiez la réalité de cette dispute et ne m'en indiquiez le motif.

Souriante et détendue, Laurie Warner écrasa sa cigarette sur le rebord de la piscine.

— Il me faut en inventer un pour vous satisfaire... prenons un thème simple : l'affrontement inévitable entre une femme toujours amoureuse de son mari et la maîtresse qu'il a choisie.

— L'idée n'est pas mauvaise, mais pourquoi aurait-il eu lieu à ce moment-là et à cet endroit-là ?

Une moue adorable arrondit les lèvres de l'Eurasienne.

— Sur ce point, je suis incapable de vous aider.

— Je me débrouillerai seul.

Laurie Warner se leva.

— Pardonnez-moi un instant. Ma peau ne doit pas rester sèche.

A côté du sauna était aménagée une cabine de soins remplie de produits de beauté. L'Eurasienne s'assit devant une glace et enduisit sa peau de diverses crèmes aux senteurs suaves. Higgins s'approcha. La contempler le ravissait.

— Vos produits sont exquis.

— J'apprécie la qualité en tout.

— A l'odeur, laissez-moi deviner : calendula, mimosa, pâquerette, iris.

— Vous êtes un expert. Sans doute avez-vous fréquenté beaucoup de jolies femmes.

— L'une d'elles me plaisait : Merle Oberon.

Laurie Warner cessa de se maquiller. Son sourire disparut.

— Une mauvaise actrice.

— Un excellent pseudonyme. Quelqu'un l'utilise pour donner des renseignements financiers confidentiels à un agent de change. Ce dernier a pris peur et « mangé le morceau » comme disent les Français. « Merle Oberon » a dû encaisser des sommes substantielles en échange des services rendus.

— C'est son affaire.

— C'est surtout la vôtre, mademoiselle.

L'Eurasienne se leva, soudain nerveuse. Elle resserra les pans du peignoir.

— Qu'est-ce que ça signifie ?

— Merle Oberon, c'est vous. Laurie Warner est l'un de vos autres pseudonymes. Votre vrai nom n'a guère d'importance mais vous n'auriez pas dû emprunter celui de l'actrice. En agissant ainsi, vous m'avez dévoilé votre vraie personnalité.

— De quelle manière ?

— En me prouvant que, comme elle, vous êtes une métisse qui a honte de ses origines et cherche à les cacher. Née en Tasmanie, prétendait-elle, alors qu'elle avait vu le jour à Calcutta, dans une masure. Je parierais volontiers que votre carrière fut comparable à la sienne. Un père anglais qui a vite abandonné son épouse asiatique, une enfance sordide, la quête de la nourriture, l'obligation de devenir hôtesse dans des bars mal famés.

A l'évocation de ces horribles souvenirs, les yeux de l'Eurasienne se gonflèrent de larmes.

— Les bas-fonds où vous êtes tombée ne vous ont pas ôté votre principal atout : votre beauté. Sans doute avez-vous fui l'Asie pour tenter votre chance en Angleterre. Quelle déception... des soupirants, certes, mais qui n'en voulaient qu'à vos charmes. Vous vous êtes cultivée seule, au hasard des rencontres et des lectures. Combien de moments de désespoir ? Combien de nuits sans sommeil et de rêves fous ?

Laurie Warner se tourna vers la piscine et regarda l'eau bleue, si pure et si douce.

— Merle était très belle mais si malheureuse... des divorces, l'homme qu'elle aime qui se tue en avion à quelques mètres d'elle, des réceptions sans fin où elle ne s'amusait plus ; une existence de fausse reine malgré les bijoux de Marie-Antoinette qu'elle porte devant une cour admirative... Non, je ne voulais pas ça. Elle est à la fois mon modèle et la femme que je déteste le plus au monde.

— Vous avez fait du théâtre et du cinéma pour suivre son exemple avec l'espoir qu'un metteur en scène vous remarquerait et vous arracherait enfin à la misère. Mais il n'y eut ni William Wyler ni Alexandre Korda. Simplement une petite annonce.

L'Eurasienne ne protesta pas.

— Vous vous êtes présentée à cet étrange concours sous le nom de Laurie Warner et vous l'avez gagné. Votre revanche sur la vie, une victoire éclatante. Exactement ce dont vous rêviez : une existence fastueuse. Le prix à payer ne vous paraissait pas trop élevé.

— C'est vrai, admit-elle, j'ai changé de nom. C'est très important, un nom. Il détermine une destinée ; j'ai voulu modifier la mienne et j'ai réussi. Au malheur, j'ai substitué lc bonheur. Personne ne m'a aidée : ce que j'ai acquis, je l'ai acquis seule. Et je resterai seule, jusqu'au bout.

Elle frémissait. Higgins ramassa le peignoir et le posa délicatment sur ses épaules.

— Je ne suis pas devenue une actrice célèbre mais je suis riche. On peut haïr Archibald Stanley. Pour moi, c'est l'homme qui m'a donné ma chance ; il obtiendra de moi ce qu'il désire.

— Pourquoi le voler ?

— Pour devenir de plus en plus riche.

Elle s'assit au bord de la piscine et laissa tremper ses pieds dans l'eau.

— Archibald m'a offert une fortune mais je crois que je n'en aurai jamais assez. C'est difficile à comprendre, je l'admets. On peut considérer ma démarche comme une trahison. M. Stanley ne risque pas d'être ruiné, soyez-en sûr. Je ne vends que des renseignements mineurs qui ne mettent pas son empire en péril.

— C'est une belle histoire. Elle est malheureusement fausse.

L'Eurasienne tourna lentement la tête vers l'ex-inspecteur-chef.

— De quoi m'accusez-vous?

— De ne pas me dire toute la vérité, notamment sur la raison qui vous oblige à demeurer enfermée dans cette prison dorée.

— L'argent.

— Insuffisant, mademoiselle. Vous avez changé de nom et sacrifié quelques-unes des plus belles années de votre vie parce que vous ne pouviez pas faire autrement. Vous deviez vous cacher, n'est-ce pas?

Laurie Warner ne répondit pas.

— Ce mutisme est inutile. Une enquête serrée permettra au Yard de trouver votre véritable nom et de savoir à quelle affaire crapuleuse vous fûtes mêlée.

— Le passé est le passé, inspecteur.

— Mais il pèse très lourd sur vos épaules. Sans doute avez-vous trahi des complices puis tenté d'effacer vos traces; en modifiant votre identité et en demeurant à l'abri de cette forteresse, vous viviez en sécurité. Quelqu'un vous a retrouvée et demandé un dédommagement. Difficile, voire impossible de payer avec l'argent qu'Archibald Stanley a déposé sur vos comptes. En obtenant la somme exigée par des voies détournées, vous espériez satisfaire le maître chanteur.

L'Eurasienne agita doucement ses pieds dans l'eau.

— Un trafic d'opium... j'y ai été mêlée malgré moi. J'ai quitté la bande avec un peu d'argent mais je n'ai dénoncé personne. J'étais persuadée que si je sortais d'ici, ils m'assassineraient. Mais personne ne m'a fait chanter. On ne m'a pas retrouvée; l'argent que j'ai obtenu en vendant des renseignements, je l'ai gagné seule; je désirais me prouver que j'étais capable de me débrouiller grâce à ce qu'Archibald m'avait appris.

CHAPITRE XXX

La chirurgienne fit irruption dans le domaine réservé de Laurie Warner.

— Pardonnez-moi... je voulais vous prévenir sans délai. M. Stanley a repris conscience et demandé à manger !

L'Eurasienne ne bougea pas. Elle continua à remuer ses pieds dans l'eau bleue de la piscine. Une lueur de joie fulgura dans son regard.

— Archibald est sauvé... Dieu soit loué.

— Désolé de vous abandonner, mademoiselle.

— Vous pensez qu'il connaît le nom de l'assassin ?

— C'est tout à fait certain.

— Tant mieux. Dans quelques minutes, cette affaire sera terminée et nous reprendrons une existence normale.

— Vous êtes très optimiste, mademoiselle Warner. L'une de vous quatre n'aura pas cette chance.

Les yeux profonds de l'Eurasienne devinrent inexpressifs. Ils se concentrèrent sur les vaguelettes qui massaient les jambes longues et fines.

⁂

Archibald Stanley, la tête calée par deux oreillers, lisait un journal financier. Sur sa table de chevet, un téléphone qu'il avait exigé quelques secondes après son réveil. Infirmières et auxiliaires avaient été subjuguées par l'incroyable vitalité du blessé qui semblait avoir retrouvé toutes ses facultés.

Higgins entra dans la chambre. Le milliardaire le considéra avec défiance.

— Higgins, Scotland Yard. Mes félicitations, monsieur.

— Le meilleur inspecteur anglais et le Sherlock Holmes du XXe siècle... heureux de vous voir. Vous n'arrivez pas un peu tard ?

— En ce cas, je serais un bien piètre enquêteur.

— Bien répondu. Avant le crime, aucun intérêt pour vous. Il vous faut un beau cadavre et, qui plus est, énigmatique.

— Dans le cas présent, j'aime autant voir le cadavre ressuscité.

— Pour ne rien vous cacher, moi aussi.

Le visage du financier n'était même pas creusé par la souffrance. Le large front et le menton puissant exprimaient de nouveau leur autorité naturelle.

— La civilité m'impose de vous demander comment vous vous portez.

— J'ai quelques douleurs par-ci par-là mais je ne me plains pas. Assez de temps perdu. Il faut que je m'occupe de mes investissements. De très grosses parties se jouent en Asie et en Amérique du Sud : je n'en serai pas absent. Miss Edmunds se trouve-t-elle dans les parages?

Un rictus déforma le visage martial d'Archibald Stanley. La souffrance le rappelait à l'ordre.

— Je ne suis pas encore très vaillant... Alconbury a intérêt à me remettre rapidement sur pied ou je la fiche à la porte. Moi, cloué au lit... il faut que j'appelle Rio.

— Auparavant, il nous reste un petit problème à régler.

— Lequel?

— Pourriez-vous me donner le nom de la femme qui a tiré sur vous?

— Moi? Mais je suis vivant! Personne ne m'a tué. Oubliez toute cette histoire. L'enquête est close.

— Ce n'est pas exactement mon avis, monsieur Stanley. Votre agresseur recommencera. Tant qu'il n'aura pas été identifié et arrêté, votre vie sera en danger.

— Balivernes. Un incident de parcours, rien de plus. Vous voyez bien que je suis indestructible! Mais à présent je me sens fatigué; nous nous reverrons plus tard.

Archibald Stanley ferma les yeux; Higgins n'insista pas. Dans le couloir du bloc opératoire, la chirurgienne attendait.

— Vous procédez à l'arrestation?

— Non, répondit Higgins. Je commence l'enquête.

⁂

La voix de Watson B. Petticott était couverte et inquiète.

— Un rhume et des ennuis, expliqua-t-il à Higgins. Le chancelier de l'Echiquier se réjouit de la résurrection de Stanley mais s'inquiète de la modification rapide de son empire financier. Des sommes considérables sont en train de changer de main. « Taupe » manœuvre avec beaucoup d'habileté. Quant aux renseignements vendus par Merle Oberon, ils sont de taille ! Une section spéciale s'occupe de l'agent de change et dépouille ses dossiers. Quand Stanley va découvrir les dégâts, quelle tempête !

— Merle Oberon est identifiée. « Taupe » le sera bientôt. Quant à la tempête, je vais tenter d'en amoindrir les effets.

— Tu serais un véritable sorcier...

— Ça fait partie du métier.

— Et... l'assassin ?

— D'après Archibald Stanley, il n'existe pas.

Watson B. Petticott reprit son souffle.

— Il aurait tenté de se suicider ?

— Ce sera peut-être la conclusion officielle.

— Elle arrangerait beaucoup de monde... si on te l'impose, tu seras obligé d'interrompre ton enquête.

— Ce n'est pas mon style, Watson.

— Prends garde à toi, Higgins.

— Que pourrais-je bien risquer ?

— La finance est un milieu mortel. Les coups proviennent de n'importe où. Sois très prudent.

***

Scott Marlow éprouvait un soulagement intense, comparable à celui du marin qui regagne le port après une tempête où il a failli sombrer. Puisque Archibald Stanley était vivant, l'avenir s'annonçait plus brillant. Quand Higgins lui révéla que le financier repoussait l'hypothèse d'un meurtre et ne se considérait pas comme une victime, le superintendant sut que le bonheur existait encore sur cette terre.

— L'affaire s'éteint d'elle-même, conclut-il. Nous pouvons regagner Londres au plus tôt.

— Ne craignez-vous pas une seconde tentative d'assassinat ?

— Certainement pas, Higgins. Si Archibald Stanley prend cette position, c'est qu'il est plus ou moins complice.

— De son propre meurtre ?

— Je ne veux pas le savoir. Il connaît son assassin, à l'évidence, et ne tient pas à révéler son identité. Ne remuons pas davantage toute cette boue où se cachent des monstres ; ils nous dévoreraient. Ne soyons pas plus royalistes que le roi : ce Stanley tire toutes les ficelles. S'il redoutait d'être assassiné, il ne vous aurait pas tenu ce discours invraisemblable. Il faut vous rendre à la raison, Higgins : nous n'avons plus aucun rôle à jouer.

— Nous ne sommes pas encore expulsés.

— Cela ne devrait pas tarder et, pour une fois, je m'en réjouis. Par pitié, ne vous obstinez pas.

— Votre conseil répond aux exigences de la raison, mon cher Marlow. Mais cette enquête sort des limites de la saine logique... du moins en apparence. Comment vous et moi pourrions-nous être satisfaits d'un tel échec?

— Echec... échec... vous noircissez la situation!

Higgins relut les premières pages de son carnet noir et le referma avec un petit claquement.

— Je n'abandonnerai pas. On se moque de moi et j'ai horreur de ça.

CHAPITRE XXXI

Marlow ne décolérait pas. Higgins l'obligeait à l'emmener chez Victoria Stanley. Alors que le superintendant doutait de plus en plus de la réalité du drame, l'ex-inspecteur-chef s'acharnait à croire à l'existence d'un assassin qui ne renonçait pas à son sinistre projet.

— Pourquoi importuner davantage cette vieille dame ?

— J'ai omis de noter un détail qui m'a intrigué. Une vérification s'impose.

Victoria Stanley, vêtue d'une blouse blanche, peignait l'une des portes de sa ferme. Quand les policiers descendirent de la Bentley, elle posa le pinceau et mit les mains sur les hanches.

— C'est vous qui m'interdisez de voir mon fils ?

— Archibald Stanley n'a pas besoin de nous pour prendre ses décisions.

— Pourquoi refuse-t-il ma visite ?

— Je l'ignore.

— Par bonheur, il ne reçoit ni sa femme, ni sa

fille, ni sa maîtresse. Ça me réconforte un peu : tout de même, je suis sa mère...

— M. Stanley est encore très faible. La doctoresse Alconbury lui a administré des calmants contre la douleur, de manière à ce qu'il puisse dormir et reprendre des forces. J'aimerais beaucoup visiter de nouveau votre sanctuaire dogon.

— Rien de plus facile. Je vous guide?

— J'aimerais y méditer seul.

— Je vous comprends. Il n'y a pas de meilleur remède à la déprime.

Higgins s'avança à l'intérieur du modeste édifice. Il s'habitua à l'obscurité, leva les yeux, regarda de droite et de gauche. C'est près de l'endroit où il avait trouvé le journal intime qu'il repéra l'objet : une crosse au sommet recourbé en crochet, terminée par une bouche et munie d'oreilles pointues qui évoquaient un chacal.

L'ex-inspecteur-chef la dessina sur une page de son carnet noir. La crosse rituelle, facile à identifier pour qui connaissait un peu l'art dogon, était un indice plus parlant qu'une série d'empreintes parfaitement lisibles. L'une des hypothèses les plus fumeuses de Higgins devenait certitude.

***

Dès que la Bentley s'arrêta devant le château, miss Edmunds se précipita à la rencontre de Higgins.

— Inspecteur... me permettez-vous de faire revenir les domestiques? Cette situation devient intenable!

— Il vous faudra patienter encore un peu. Quel était leur jour de repos ?

— Chez M. Stanley et sa mère, il n'y en avait pas. Des équipes se succédaient. Emily Stanley, en revanche, accordait le mercredi à son personnel.

— Excellent.

Miss Edmunds sembla perdue.

— Mais quand...

— La vie normale reprendra bientôt. Probablement après-demain.

*
**

Les quatre femmes se réunirent autour d'une tasse de thé, en présence de Higgins et de Scott Marlow. Au lieu de la franche gaieté qu'espérait le superintendant, une atmosphère sinistre pesait sur ces retrouvailles.

— Je veux voir mon mari, supplia Emily Stanley.

— S'il refuse, remarqua Victoria, acide, c'est qu'il a ses raisons. Il n'a même pas envie d'admirer sa maîtresse.

— Je l'admets fort bien, intervint Laurie Warner, amusée. Nos rapports exigent une parfaite santé de part et d'autre.

— Taisez-vous donc, insolente !

— Nous ne sommes plus sous la reine Victoria. On peut tout dire, aujourd'hui.

— C'est bien pourquoi notre époque est si décadente.

— Mieux vaut être décadent qu'assassin.

— Vous osez...

Victoria Stanley marcha crânement vers Laurie Warner avec la ferme intention d'entamer une lutte à mains nues. Barbara s'interposa.

— Contente-toi de la mépriser, grand-mère.

— Je veux voir mon mari, répéta Emily Stanley, au visage marqué par l'émotion.

L'absence de maquillage la rendait fragile et accentuait sa tristesse.

— Je pourrais lui apporter le réconfort dont il a besoin. Je suis certaine qu'il souffre.

— Une fois de plus, déplora Higgins, la décision ne m'appartient pas. Je ne suis même pas certain qu'il acceptera ma présence.

*
**

Le financier consentit à s'entretenir avec l'ex-inspecteur-chef. Il renaissait à vue d'œil. Ses cheveux blancs formaient une splendide toison et lui donnaient l'allure d'un conquérant qui ignore la défaite.

— Vous n'êtes pas encore parti, inspecteur? Prendriez-vous goût à mon petit paradis?

— Peut-être connaissez-vous le poème de Harriett J.B. Harrenlittlewoodrof : « *Baobabs, sycomores, pluies d'argent; bondissent les gazelles, bâillent les hippopotames; baobabs, sycomores, soleils de feu, rêvent les tribus. Dansent les morts autour du feu.* »

— Charmant. C'est tout à fait l'Afrique.

— Bons ou mauvais souvenirs?

— J'ai horreur de parler de moi.

— Eh bien, parlons de Laurie Warner.

— Quelle femme superbe... la plus belle! Une créature comme celle-là me ferait presque croire à l'existence d'un dieu bienfaisant.

— Vous l'avez... recrutée grâce à une petite annonce.

— Exact.

— Quel nom vous a-t-elle donné?

— Laurie Warner. Bien entendu, je ne l'ai pas crue une seconde et j'ai fait mener une enquête approfondie sur son passé après l'avoir engagée. Enfance misérable, parents indignes, quelques années comme entraîneuse de bar, appartenance à une bande de minables trafiquants d'opium. Banal. Ici, elle s'est transformée. La grande classe.

— Et si ses anciens amis l'avaient retrouvée?

— Deux sont morts dans une rixe, les trois autres croupissent en prison.

— Ne pourrait-elle être victime d'un chantage?

— Elle m'en aurait immédiatement parlé et j'aurais réglé le problème séance tenante.

— C'était bien mon avis.

— Je protège mes proches à condition qu'ils m'obéissent. Laurie ne m'a jamais déçu. Auprès de moi, elle s'est dépouillée de son passé.

— Vous n'avez rien à lui reprocher?

— Absolument rien.

— Avec votre mère, c'est une parfaite entente.

— Parfaite.

— Votre fille devrait vous succéder.

— C'est une certitude. Je l'ai formée dans cette perspective.

— Reste votre femme.

— Emily est Emily, inspecteur.

Le téléphone sonna. Le financier décrocha.

— Miss Edmunds... que se passe-t-il ? Qu'est-ce que vous dites... Un meurtre, ici ?

CHAPITRE XXXII

Archibald Stanley raccrocha sèchement.

— Laurie a tenté de tuer Emily.

— Je m'en occupe.

Le financier regarda devant lui, les yeux vides. Ses lèvres s'entrouvrirent, comme s'il voulait parler. Mais il demeura muet.

Higgins sortit en courant du bloc opératoire et se rendit dans le salon de printemps où Scott Marlow menaçait Laurie Warner de son arme réglementaire. Effondrée, Emily Stanley pleurait. L'Eurasienne, bras croisés, semblait calme et indifférente. Barbara Stanley trépignait.

— Vous voilà enfin ! Vous aurez au moins une criminelle à vous mettre sous la dent !

— Avez-vous observé les faits ?

— Non. Ma mère venait de partir et je m'apprêtais à pénétrer dans mon bureau quand j'ai entendu un hurlement. En voyant Emily qui étouffait et Laurie qui s'écartait d'elle, j'ai aussitôt compris et demandé à miss Edmunds de vous prévenir.

— Veuillez sortir.

— Mais...

— Votre présence n'est pas indispensable, mademoiselle.

Furieuse, Barbara Stanley claqua la porte.

— Et vous, superintendant?

— Je me trouvais dans le couloir quand j'ai entendu ce hurlement et suis aussitôt revenu sur mes pas. Barbara Stanley courait à toutes jambes et m'a précédé. C'est elle qui m'a signalé que Laurie Warner venait d'agresser Mme Stanley.

Higgins s'approcha de la victime.

— Votre version des événements?

— Laurie s'est jetée sur moi et a tenté de me briser le cou... je ne comprends pas...

L'épouse du financier se noyait dans un flot de larmes qui ne semblaient pas feintes. L'ex-inspecteur-chef se tourna vers l'Eurasienne.

— Reconnaissez-vous les faits?

— Bien sûr que non, inspecteur. Mme Stanley est tombée. Sans doute un malaise; je l'ai aidée à se relever et elle s'est mise à hurler. Elle a dû croire à un acte malveillant de la part de quelqu'un d'autre.

Emily Stanley contempla la maîtresse de son mari.

— Laurie...

— Tout le monde peut se tromper, déclara l'Eurasienne avec sérénité. Je ne vous tiendrai pas rigueur de votre erreur.

La femme du milliardaire se suspendit au bras de Higgins.

— Inspecteur... vous devez me croire!

— Et vous, madame, vous devriez vous reposer.

Le superintendant et moi-même vous raccompagnons chez vous.

Scott Marlow rangea son arme.

— Nous laissons Mlle Warner... en liberté?

— Il n'y a pas de meilleure prison que ce domaine, mon cher Marlow.

L'Eurasienne, nonchalamment appuyée contre une fenêtre, observait les jeux paisibles de la nature.

***

— Qu'attendons-nous dans ce coin humide, Higgins?

— La nuit noire, mon cher Marlow. C'est pourquoi je vous ai conseillé de vous munir d'un sandwich et d'une bouteille de bière.

— Ces nourritures ne risquent-elles pas d'attirer les crocodiles?

— Pas à ma connaissance. Mais nous ne sommes pas en Afrique et ils ont peut-être un comportement différent. Aussi vous proposerai-je de déposer les miettes et la bouteille vide dans un sac à provisions et de le fermer.

Il ne pleuvait pas. Le vent était tombé. Des nuages ventrus emplissaient le ciel et obscurcissaient la lune qui venait de se lever; déjà, la pénombre. Cachés derrière un bosquet, les deux policiers virent jaillir la lumière dans plusieurs pièces de la demeure coloniale habitée par Emily Stanley. Sans doute passait-elle de l'antichambre dans le premier salon, du premier dans le second, du second salon dans la salle de bains. Puis s'illumina la salle à manger.

Marlow mâcha une première bouchée.

— Vous n'avez pas faim, Higgins?

— L'heure est grave mais les conditions atmosphériques se prêtent admirablement à nos projets.

— La pluie vous aurait gêné?

— Ajoutée à un vent violent, elle eût été catastrophique.

— Quel est le but de ce commando?

— La vérité, mon cher Marlow. Une vérité bien curieuse.

— Y aura-t-il... des risques physiques?

— Certainement. A vos côtés, je suis rassuré.

— Faudra-t-il faire usage de mon arme?

— J'espère que non mais je n'en suis pas certain. Hâtez-vous de terminer votre sandwich; le drame peut se produire à n'importe quel moment.

Une heure plus tard, le superintendant bougonnait, mécontent d'avoir mangé avec un lance-pierres et de la digestion difficile qui s'ensuivait. De plus, l'endroit devenait franchement inquiétant. L'absence de bruit rendait Marlow nerveux; combien il regrettait les moteurs à explosion de la capitale britannique et les rumeurs de la ville!

La porte de la demeure coloniale s'ouvrit. Aussitôt, Higgins mit une pipe à la bouche et alluma le tabac tassé dans le fourreau. Une puissante odeur de clou de girofle s'éleva et se répandit alentour.

— Mais... vous fumez?

— Silence, mon cher Marlow. C'est l'instant critique.

L'ex-inspecteur-chef tira de rapides bouffées. Le tabac offert par le club répondait avec générosité à sa demande.

Emily Stanley, intriguée, fit quelques pas en direction du bosquet. Elle s'arrêta, ouvrit les narines pour mieux humer le parfum ambiant.

— Tu devrais rentrer, Josse. Ce n'est pas prudent de sortir si tôt.

Higgins apparut et marcha vers l'épouse du milliardaire, pétrifiée.

— C'est bien le tabac africain que fume M. van Ryssel, déclara-t-il. Il est temps de me conduire jusqu'à lui.

CHAPITRE XXXIII

— Josse... Josse a disparu depuis longtemps!

— Bien sûr que non, madame Stanley. Vous venez de l'appeler en présence du superintendant.

Scott Marlow apparut à son tour.

— Cessez de mentir, ordonna-t-il. Ce personnage se dissimule dans votre maison.

— Il sort le soir pour fumer sa pipe, ajouta Higgins et pendant la journée du mercredi où vos domestiques prennent le congé que vous leur accordez.

Emily Stanley cessa de lutter.

— Qu'allez-vous faire?

— L'interroger séance tenante. M. van Ryssel doit savoir beaucoup de choses.

La femme du financier regarda dans la direction du marigot.

— Pas de bêtises, dit Marlow en lui saisissant le poignet. Allons-y.

Emily Stanley, tête baissée, les guida jusqu'au vaste grenier. Devant la porte en bois d'ébène qui lui donnait accès, elle se retourna vers Higgins.

— J'ai honte... je n'ai pas le droit de le trahir ainsi.

— Ouvrez cette porte et écartez-vous, exigea le superintendant.

Effrayée par son ton martial, elle obéit.

Scott Marlow découvrit une immense pièce encombrée d'une abondante végétation. Pas moins d'une centaine de plantes en pots formaient une forêt presque inextricable, éclairée par des lucarnes.

— Qu'est-ce que c'est? demanda une voix rauque.

— Scotland Yard, répondit le superintendant. Sortez de là, sans arme.

Surgissant entre deux eucalyptus nains, un homme barbu, de petite taille, chaussé de hautes bottes, pointa un fusil vers Scott Marlow. Ce dernier ne recula pas. Au cœur de la mêlée, il savait se montrer courageux.

— Ça ne se passera pas comme ça, mon gaillard!

— Reculez, ou je tire!

Le superintendant prit le fusil par le canon et l'arracha des mains de son adversaire.

— Vous devriez vous montrer plus raisonnable, M. van Ryssel, recommanda Higgins.

Le Belge sursauta.

— Vous connaissez mon nom!

— Et vous, vous connaissez les dessous de l'affaire Stanley.

— Non, je vous jure que non!

— Pourquoi vous terrer ici?

— Je... j'adore la solitude.

— Possible. Nous devons procéder à une fouille.

— Non ! Non, ne faites pas ça...

Écartant les bras, Josse van Ryssel barra le passage.

— Disparu depuis de nombreuses années, guide en fuite, seul homme admis dans un univers où tout mâle est exclu... voilà beaucoup de circonstances exceptionnelles. Ne résistez plus, M. van Ryssel, ou bien le superintendant Marlow va s'énerver.

Le Belge baissa les bras. Scott Marlow le maintint sous la menace du fusil pendant que Higgins explorait le petit monde où l'ancien guide de brousse avait établi ses pénates. Disques, livres, écran de cinéma, cuisine équipée... il ne manquait de rien. Sur son bureau, une dizaine de magnifiques émeraudes. Il les ramassa et les montra à van Ryssel.

— Voilà la raison pour laquelle vous avez tué le père d'Archibald Stanley et celui de son épouse.

— Moi, un assassin ? Mais non ! C'est le prix que m'avait payé M. Stanley pour le guider. Ces pierres proviennent de sa mine. Je ne les ai pas volées. D'autres, peut-être...

Frêle, tremblante, incapable de bouger, Emily Stanley assistait à l'interrogatoire sans mot dire.

— Pourquoi avez-vous disparu, M. van Ryssel ?

— Je n'avais pas le choix.

— Parce que vous aviez été le témoin de deux meurtres ?

— Non, bien sûr que non... je ne supportais plus le climat d'Afrique, les fièvres, le paludisme. Après vingt ans de brousse, on a envie de retrouver les brumes du nord.

— Ne me prenez pas pour un imbécile, van Ryssel. Les amoureux de ce pays ne le quittent jamais. Inventez un motif plus crédible.

— Finissons-en, déclara Scott Marlow, impatient. Un fuyard qui se terre ainsi ne saurait être qu'un criminel.

Le Belge s'effondra.

— Mon seul crime est d'aimer une femme mariée... et mariée à Archibald Stanley, un dément impitoyable ! Je ne voulais rien d'autre que vivre auprès d'Emily. Voilà plusieurs années que nous dissimulons notre bonheur. Elle m'entretient, c'est vrai, mais comment procéder autrement ?

Higgins tourna autour du suspect avec la lenteur d'un félin qui observait sa proie.

— Donnez-moi une seule bonne raison de vous croire innocent.

Le Belge se gratta la barbe.

— Ma bonne foi est entière... mon unique vœu, c'est la tranquillité. Oubliez mon existence et tout ira pour le mieux.

— Avez-vous été informé de la tentative d'assassinat contre Archibald Stanley ?

Josse van Ryssel sembla étonné. Il en appela à Emily.

— Tu ne m'as rien dit... pourquoi ?

— Je désirais t'épargner toute angoisse... ce drame ne peut pas te concerner.

— Archibald Stanley... est-il encore vivant ?

— Hors de danger, précisa Higgins. Vous tirez moins bien qu'auparavant.

Le Belge, paniqué, recula vers son domaine.

— Vous n'avez pas le droit de parler ainsi... je n'ai jamais mis les pieds au château.

— Qui vous a dit que M. Stanley a été blessé au château ?

— Il n'en sort pas depuis vingt ans ! Tout le monde le sait !

Emily Stanley s'approcha de Higgins.

— Josse n'est pas un criminel. C'est un homme très doux, inoffensif.

— Curieuse description d'un chasseur de fauves. Vous allez m'accompagner, monsieur van Ryssel.

— Où ça, inspecteur ?

— Dans un endroit où vous serez obligé de me dire la vérité.

CHAPITRE XXXIV

— J'aimerais venir avec vous, supplia Emily.

— Impossible, madame Stanley. Vous restez ici et vous n'en bougez pas.

— Je vous jure que Josse est un être très impressionnable... il pourrait faire une bêtise. Ménagez-le s'il vous reste un peu d'humanité.

— A ce stade de l'enquête, indiqua Marlow avec une certaine emphase, seule la rigueur convient. Contentez-vous de suivre nos directives.

Higgins fit monter le suspect à l'avant de la Bentley. Scott Marlow mit le fusil dans le coffre puis conduisit avec maestria la voiture jusqu'à la ferme de Victoria Stanley.

La vieille dame réparait un volet défaillant. Quand elle vit descendre le Belge, elle s'interrompit. Josse van Ryssel eut un mouvement de recul, comme s'il voulait remonter dans la Bentley. Marlow le força à avancer. Quand l'ancien guide de brousse passa devant la mère du financier, il tourna la tête de côté afin d'éviter son regard.

— Josse van Ryssel, murmura-t-elle. Une fameuse surprise ! C'est lui, c'est bien lui ?

— Sans aucun doute, répondit Higgins.

— D'où vient-il ?

— De là-bas.

— Là-bas... mais c'est la maison coloniale d'Emily !

— En effet.

— Vous rendez-vous compte...

— Qu'il est caché dans cette demeure depuis de nombreuses années ? L'ignoriez-vous ?

La vieille dame, courroucée, rentra chez elle.

— Je ne veux pas rester ici, gémit van Ryssel.

Higgins fit signe à son collègue d'emmener le suspect vers le sanctuaire dogon. Le Belge blêmit.

— Non, par pitié... pas là-dedans !

— Que craignez-vous ?

L'ancien guide de brousse ne pouvait détacher son regard des deux yeux énormes qui surmontaient la porte du sanctuaire.

— Je crois connaître la cause de votre effroi. A l'intérieur de ce temple règnent des esprits tourmenteurs qui ne tolèrent pas le mensonge. Ils rongent l'âme et la condamnent à une torture éternelle. Vous n'aurez rien à redouter si vous êtes sincère.

Josse van Ryssel était épouvanté. Les traits de son visage se modifiaient à vue d'œil. Scott Marlow se demanda s'il n'allait pas défaillir.

— Entrons, exigea Higgins.

Le Belge tenta de s'enfuir. Mais le superintendant l'agrippa par le col et l'obligea à obéir.

— Vous surveillez la porte, mon cher Marlow.

Le superintendant ne partageait pas les craintes de van Ryssel mais il préférait ne pas le suivre à l'intérieur.

Dès qu'il eut franchi le seuil du sanctuaire, l'ancien guide de brousse se mit à genoux et plaqua les mains sur son visage.

— Que les esprits me pardonnent! gémit-il. Je ne voulais pas, je ne voulais pas...

Higgins, mains croisées derrière le dos, marchait calmement d'un mur à l'autre, sans regarder le suspect.

— Je répète ma question : pourquoi vous êtes-vous enfui?

Un lourd silence s'installa. Josse van Ryssel déglutit avec peine.

— Parce que... parce qu'il n'y avait pas d'autre solution. Ne m'en demandez pas davantage.

— J'y suis contraint, déplora l'ex-inspecteur-chef.

— J'ai déjà tout avoué. Je suis tombé amoureux d'Emily. C'était une faute très grave qui m'obligeait à décamper au plus vite.

— La suite des événements prouve qu'elle partageait vos sentiments. Étiez-vous déjà amants, en Afrique?

— Non... oui... non...

Un ululement monta du fond du sanctuaire. Terrorisé, Josse van Ryssel se mit à hurler.

— Oui, oui, nous l'étions!

— Bien entendu, tout le monde s'en était aperçu mais personne ne voulait d'un scandale. On vous a congédié et Archibald Stanley a décidé de condamner sa future femme à la prison à vie.

— C'est cela...

— Insuffisant. Deux hommes sont morts, là-bas. Vous savez pourquoi.

— Un accident, un terrible accident.

Les esprits se manifestèrent à nouveau par un ululement qui glaçait le sang. Higgins avait bien remarqué un trou dans la paroi en pisé mais, quelle que fût l'origine de cette intervention extérieure, il l'appréciait à sa juste valeur.

— Ce n'était pas un accident mais un double meurtre, affirma Higgins. Nous sommes bien d'accord sur ce point ?

Van Ryssel hocha la tête affirmativement.

— Raisonnons ensemble : Archibald Stanley hait les hommes. Pendant ce dramatique séjour africain, deux hommes sont décédés de mort violente. Ils ont dû commettre des actes qui ont horrifié le jeune Archibald, justifié une intervention brutale de sa part et déclenché son aversion chronique pour la gent masculine.

L'amant d'Emily Stanley parut se calmer. La vérité qui remontait à la surface, après tant d'années, lui faisait du bien.

— Je suis persuadé qu'Archibald Stanley a tué son père et son futur beau-père. Pourquoi son père ? Quel acte odieux aurait pu commettre ce dernier, sinon de courtiser sa fiancée et de devenir, lui aussi, son amant ?

— Inspecteur...

— Suis-je dans l'erreur, monsieur van Ryssel ?

— C'est ce qu'a cru Archibald, c'est ce qu'il a cru, oui... Et ça l'arrangeait tellement, lui qui ne songeait qu'à devenir riche et puissant, immensément riche et puissant! Tout était bon... il se moquait bien de l'honneur et de la respectabilité des gens. Ça les arrangeait tellement, elle et lui. Son père, son propre père! Et puis l'autre, à cause des émeraudes! Cette terre n'est-elle donc qu'un enfer?

— Qu'avez-vous vu exactement?

La question de Higgins terrifia le Belge qui revécut des scènes horribles.

— Moi, les cadavres, le feu, l'anéantissement, moi qui les prive d'une sépulture... jamais je n'aurais dû, inspecteur, jamais!

Avec une surprenante vivacité, Josse van Ryssel se rua vers la porte du sanctuaire, bouscula Marlow au passage, traversa la cour en courant et bondit au volant de la Bentley. Le superintendant avait commis l'imprudence de laisser la clé de contact sur le tableau de bord. Le Belge démarra en trombe, profitant de la remise en forme de la vénérable voiture.

⁂

La doctoresse Alconbury ferma doucement la porte de la chambre d'Emily Stanley.

— Elle va s'endormir. Je lui ai donné un somnifère très puissant. Elle a été très ébranlée.

— Merci pour votre aide.

— Je retourne auprès de M. Stanley. Au rythme où il progresse, il sera bientôt capable de se lever.

Scott Marlow avait averti les services compétents du Yard qui s'occuperaient du cadavre de Josse van Ryssel. Le fuyard s'était arrêté devant la maison coloniale, avait indiqué à Emily qu'il devait expier ses crimes et s'était jeté dans le marigot. Les vieux crocodiles n'avaient pas bougé mais van Ryssel, qui ne savait pas nager, s'était noyé.

CHAPITRE XXXV

Vêtu d'un costume de colonel de l'armée des Indes, Archibald Stanley trônait derrière son bureau. Face à lui, disposées en arc de cercle et assises sur des chaises plutôt spartiates, ses quatre femmes. De gauche à droite les yeux fixés sur lui, sa mère habillée en violet, sa fille en blanc, sa femme en noir, sa maîtresse en rouge. Devant la porte, le superintendant Marlow.

Entre le financier et les quatre femmes circulait Higgins, son carnet noir à la main.

— Eh bien, inspecteur, je vous écoute! Répondre à votre convocation est déjà une marque d'estime. Si vous avez des révélations à faire, ne tardez plus.

Le corps bardé de pansements et rempli de remèdes, Archibald Stanley semblait avoir retrouvé une parfaite condition physique. La doctoresse Alconbury, effarée par une telle puissance vitale, avait rédigé un rapport détaillé que ses confrères jugeraient certainement délirant. Prudente, la chirurgienne demeurait à proximité du bureau. Si une rechute survenait, elle devrait intervenir immédiatement.

Higgins avait conduit nombre de reconstitutions dans les endroits les plus divers ; ce bureau était le cadre le plus austère qui lui avait été offert. Rien n'accrochait le regard. Le milliardaire ne s'était pas offusqué de l'absence de la photographie qu'il avait choisie comme unique ornement.

Les quatre femmes s'efforçaient de garder leur calme. Un simple coup d'œil suffisait pourtant à déceler leur trouble. La plus nerveuse était Barbara Stanley ; la plus anxieuse, Victoria ; la plus émue, Emily ; distante et racée, Laurie Warner ne parvenait pas à masquer son irritation.

Scott Marlow arborait la mine des mauvais jours. Il désapprouvait cette réunion. Puisque Archibald Stanley gouvernait de nouveau son empire, pourquoi sonder des puits sans fond ? De plus, on disposait du cadavre d'un excellent coupable qui donnerait toute satisfaction au gouvernement et à la presse. Le superintendant redoutait ce que la police française appelait une « bavure ». L'origine du terme, selon Higgins, remontait plus probablement à la tache d'encre empâtant une ligne d'écriture qu'à la saillie que les joints d'un moule laissaient sur un objet. Mais l'heure n'était pas aux controverses linguistiques. Le milliardaire s'impatientait.

— J'ai beaucoup de travail, inspecteur. Cette convalescence m'empêche encore de respecter mon rythme habituel mais j'aimerais ne pas perdre mon temps.

— Ce ne sera pas le cas, monsieur Stanley.

— Étonnez-moi, monsieur Higgins.

— Dans cette affaire, vous avez tous menti d'une manière particulièrement sordide. Il m'est apparu nécessaire de faire éclater la vérité.

— Qui peut vraiment la connaître? Que mes quatre femmes aient un peu menti ne me dérange pas.

L'ex-inspecteur-chef tourna une page de son carnet noir et s'approcha du bureau.

— Commençons par vous, monsieur Stanley.

— Par moi?

— Feu Josse van Ryssel vous accusait d'avoir commis deux meurtres.

— Comment un Belge entendrait-il quelque chose aux affaires de familles britanniques? Ne vous égarez pas, inspecteur, et n'oubliez pas à qui vous parlez.

— Je m'en garderai, monsieur Stanley. Vous êtes un assassin de haute lice qui échappez à la justice depuis plus de vingt ans et régnez sur un empire nourri par le sang de votre propre père.

Scott Marlow ferma les yeux. La réaction du milliardaire serait terrifiante, semblable à une tornade qui dévasterait Scotland Yard sur son passage.

— Étonnant, constata Archibald Stanley d'une voix tranquille. Vous ne manquez pas d'estomac, pour un policier. Vos supérieurs tremblent devant moi ou me font des ronds de jambe; vous, vous me défiez avec une rare insolence.

— Insolence n'est pas le terme juste. Remplacez-le par exactitude.

— Vous persistez, alors même que les cadavres ont été dévorés par des cannibales !

— Voilà l'un des mensonges qui m'ont intrigué. A vous écouter, les uns et les autres, on croirait que les Dogons sont une tribu de mangeurs d'hommes. C'est faux ; jamais, dans cette région de l'Afrique, on ne consommerait de la chair humaine. Avoir inventé cette histoire grotesque prouve que l'on cherchait à dissimuler un drame. Sans nul doute, c'est à Josse van Ryssel que vous avez demandé de faire disparaître les corps. Il vous a obéi, comme tous les êtres que vous avez rencontrés, mais il ne s'est jamais pardonné cette faute. Plus de vingt ans après l'avoir commise, il en est mort ; le remords vous est probablement étranger.

— Sensiblerie ridicule, en effet.

— Cette mort stupide m'a touché, monsieur Stanley. Josse van Ryssel, lui, n'a tué personne.

— Déplorer la disparition d'un imbécile est une faute de goût. Ce Belge connaissait bien la brousse ; pour le reste il ne servait à rien.

Higgins regarda fixement son interlocuteur.

— Reconnaissez-vous avoir tué par balle votre père et votre futur beau-père ?

Le milliardaire passa la main dans son abondante toison blanche.

— Un homme ne meurt jamais par hasard. Si ces deux-là ont succombé de cette manière, c'est qu'ils l'avaient mérité.

— A vous de ne pas oublier que vous vous exprimez devant quatre femmes qui pourraient démentir vos propos à tout moment.

Archibald Stanley sourit.

— Vous les connaissez mal, inspecteur. Elles n'oseront pas se dresser contre moi.

— Mémoire courte. L'une d'entre elles a braqué sur vous une arme et n'a pas hésité à s'en servir. A moins d'adopter une autre hypothèse : quatre balles, quatre femmes.

Scott Marlow tendit l'oreille : Higgins reprenait sa théorie ! Quatre complices pour abattre un homme indéracinable.

— Une révolte des esclaves ? Balivernes.

— Iriez-vous jusqu'à nier qu'on a tiré sur vous ?

— Ce n'est pas impossible. Les enquêtes de police m'importunent. Je me suis blessé avec une arme de collection en la nettoyant, voilà tout. Ma déposition sera dès demain entre les mains du grand patron du Yard en même temps que votre démission.

Scott Marlow grinça des dents. Higgins n'avait plus rien à craindre de l'administration. Lui, en revanche... être obligé d'abandonner son bureau lui fendait le cœur. Il n'appartiendrait jamais au corps d'élite chargé d'assurer la protection rapprochée d'Élisabeth II.

— Étrange déposition, estima Higgins. Se blesser en se tirant dans le dos est réservé à quelques contorsionnistes. Soyons sérieux. Vous connaissez la coupable, mais refusez de la dénoncer pour que l'édifice patiemment construit sur le crime ne s'effondre pas. Vous estimez également pouvoir infliger vous-même des sanctions et vous substituer tant au Yard qu'à une cour de justice. N'y comptez pas. Vous n'auriez pas dû faire appel à moi.

— J'avais besoin d'une protection qui est aujourd'hui inutile. La situation s'est définitivement éclaircie.

— En êtes-vous si sûr? En m'obligeant à plier, vous vous offririez l'une des victoires éclatantes qui jalonnent votre route. Erreur, monsieur Stanley. On n'achète pas Higgins et on ne l'empêche pas d'enquêter quand il le désire.

Les quatre femmes et Scott Marlow assistaient, fascinés, à un formidable duel entre deux êtres d'exception. Ni l'un ni l'autre ne semblaient décidés à céder un pouce de terrain.

— Vous manquez de preuves, inspecteur.

— Je dispose de témoignages.

— Mes quatre femmes?

— Elles vous réservent de cruelles surprises.

— Vous bluffez. Je sais tout d'elles. Elles tiennent trop à leur confort pour me trahir.

— Vérifions, voulez-vous?

Pour la première fois, le regard du milliardaire se teinta d'incertitude.

Higgins se retourna et fit face à Barbara Stanley.

CHAPITRE XXXVI

La fille d'Archibald Stanley était couverte de bijoux en or, rendus plus éclatants encore par le blanc immaculé de sa robe, un peu trop stricte pour son âge.

— Si vous croyez m'opposer à mon père, dit-elle avec acidité, vous vous trompez. Je n'ai aucun grief à son endroit.

— Vous voilà prévenu, ironisa le financier. Ma fille est mon unique disciple.

Higgins, très concentré, feuilleta son carnet noir et s'arrêta sur une page où il avait encadré le prénom de Barbara.

— Votre fille, affirmez-vous.

Le ton sceptique de l'ex-inspecteur-chef surprit le financier.

— Évidemment...

— Comme l'explique M.B. Masters dans l'introduction générale à son monumental traité de criminologie, le premier devoir d'un enquêteur qui opère avec ordre et méthode consiste à se méfier des évidences. Un père, une fille... cherchons la mère. Emily Stanley, êtes-vous bien la mère de Barbara?

Higgins ne regardait pas la femme du financier qui répondit aussitôt.

— Bien sûr! C'est moi qui l'ai mise au monde!

— Qui est son père?

Emily baissa les yeux. Ses lèvres se serrèrent.

— Désolé de vous infliger cette épreuve. Vous nous devez à tous la vérité.

— Je... Barbara... non! Non, ne m'obligez pas!

Emily Stanley se leva et tenta de s'enfuir. Sans rudesse, Scott Marlow l'obligea à se rasseoir. Le superintendant était bouleversé par cette détresse. Higgins venait d'ôter le couvercle d'une marmite où mijotaient depuis plus de vingt ans des actes diaboliques. Cette petite pièce nue où se jouait l'avenir économique d'une bonne partie de la planète se transformait en enfer.

— Votre situation sentimentale, poursuivit Higgins, était des plus compliquées. Votre père vous obligeait à épouser Archibald Stanley, un homme que vous admiriez mais que vous n'aimiez pas; celui qui occupait votre cœur, c'était Josse van Ryssel. Un troisième larron est apparu dans le paysage : M. Stanley père. Il vous a jugée à son goût et, conformément aux usages de la famille, a pris ce qu'il voulait prendre. Il vous a violentée, n'est-ce pas?

Emily Stanley demeura muette.

— Barbara est sa fille. Archibald Stanley a su que son père avait violé sa fiancée. C'est pourquoi il l'a assassiné. Mais il ne voulait pas perdre la face, lui le nouvel empereur de la finance ; il a élevé cet enfant à l'esprit délié qui témoignait des qualités de sa race. Bien entendu, Barbara connaissait son véritable père.

Les yeux de la jeune femme lançaient des éclairs. Archibald Stanley demeurait serein.

— Nos affaires de famille ne regardent que nous. Peu importent les origines de Barbara pourvu qu'elle soit une Stanley.

— Et si ce n'était pas le cas ?

Le financier accusa le coup. Ses joues se creusèrent. Barbara, suspendue aux lèvres de Higgins, ne cachait pas son angoisse.

— Expliquez-vous, exigea le milliardaire.

— Emily Stanley était la maîtresse consentante de Josse van Ryssel. Vous ne l'ignoriez pas, monsieur Stanley.

— Si, inspecteur ! Ces deux-là se sont bien cachés ; si je m'en étais aperçu, croyez-vous que je lui aurais laissé la vie sauve ?

Higgins barra une ligne dans la page consacrée aux mobiles d'Archibald Stanley. Il avait attendu qu'il exprimât cet agacement convaincant.

— Barbara n'est pas une Stanley, mais la fille d'un guide de brousse.

— Jamais ! hurla Archibald Stanley en frappant du poing sur son bureau. Jamais Emily n'aurait osé !

Tous les regards convergèrent vers Emily. Elle releva la tête ; ses yeux, embués de larmes, contenaient une lueur de cruauté.

— Ça t'ennuierait beaucoup, Archibald ? C'est

pourtant le seul homme que j'aie aimé. Il n'était pas un monstre comme toi. Lui, il se préoccupait de mon bonheur.

Barbara, hagarde, croyait devenir folle.

— Non, ce n'est pas possible... je suis une Stanley, j'en suis sûre !

Sa mère la considéra avec dédain.

— Tu es aussi monstrueuse que le sont les Stanley ! Archibald et toi vous moquez bien d'un viol, à condition qu'il ait été commis par un Stanley ! Être née d'un étranger à la famille, te révulse...

— Un sale pistard de brousse, un gueux ! Papa, protège-moi !

Redevenant une petite fille fragile, Barbara se précipita dans les bras d'Archibald Stanley qui la serra contre lui.

— J'aurais dû vous détruire, tous les deux, déclara-t-il avec une froideur qui effraya le superintendant.

— Tu ne le pouvais pas, rétorqua Emily. Josse en savait trop.

— Voilà un point capital, remarqua Higgins qui s'approcha d'Emily Stanley et consulta la page de synthèse qui la concernait.

Elle reprit aussitôt une attitude de femme soumise et blessée.

— Enfermez-la, exigea Victoria Stanley. Cette peste ment comme elle respire. Elle a trahi la famille. Je l'étranglerais volontiers de mes propres mains ; j'aurais dû le faire là-bas, en Afrique !

— Vous fûtes bien cachottière, remarqua Higgins, en omettant la vérité sur la mort tragique de votre père et de celui d'Archibald.

— Je voulais protéger Josse. Le reste ne m'intéressait pas.

— Si, madame Stanley. Vous aimez l'argent et le confort. Archibald Stanley ne vous laisse pas indifférente ; il vous fascine. Je suis même persuadé que vous l'aimez.

— Non, bien sûr que non...

— Amoureuse de deux hommes si différents, deux hommes que vous avez pourtant réussi à garder auprès de vous.

— Seul Josse comptait pour moi.

— Pourquoi, en ce cas, ne pas vous être enfuie avec lui ?

— Archibald nous aurait rattrapés n'importe où dans le monde.

— Un broussard de sa trempe n'aurait eu aucune peine à trouver une cachette sûre en Afrique. C'est vous qui l'avez obligé à rentrer en Angleterre... avec le consentement d'Archibald Stanley.

Le financier intervint, toujours glacial.

— Je n'avais pas le choix. Ce petit monsieur me faisait chanter. Il affirmait avoir déposé des documents en lieu sûr qui m'incrimineraient si je commettais l'imprudence de le supprimer. J'admets que ses exigences étaient modestes : le gîte et le couvert en vivant caché auprès de sa dulcinée. Délicieux, n'est-il pas vrai ? Roméo et Juliette pâlissent à côté de ces deux-là. La situation m'arrangeait ; j'étais débarrassé d'Emily qui demeurait néanmoins Mme Stanley et l'une de mes quatre femmes. L'instinct de propriété ne se discute pas. Le mien est développé au plus haut point et ignore l'échec.

— Le chantage ne vous gênait pas ?

— C'est une des lois naturelles. Avoir son maître chanteur sous son propre toit et l'utiliser pour rendre sa femme heureuse, n'est-ce pas un plaisir subtil ?

Scott Marlow perdait pied. Si la haute finance abritait des fous de cette envergure, il ne se plaindrait plus de la maigreur de son compte en banque.

Barbara Stanley sortit du giron d'Archibald Stanley. Elle apostropha sa mère avec violence.

— Pour moi, tu n'existes pas. Tu n'as jamais existé. Tu es une personne ignoble et veule.

Emily Stanley sourit tristement.

— Tu es bien la fille de ton père, Barbara.

CHAPITRE XXXVII

La jeune femme fronça les sourcils.

— Que veux-tu dire ?

L'épouse du financier, vêtue de noir, parla d'une voix lasse et brisée.

— J'aimais Archibald. Sa prestance et son intelligence m'ont séduite. Devenir sa femme était un rêve merveilleux. J'aimais aussi Josse pour ses prévenances. En Afrique, je n'ai pas trompé mon fiancé ; mon futur beau-père ne m'a pas violentée. Barbara est bien la fille d'Archibald. Il suffit de les regarder... tel père, telle fille.

Le financier et Barbara affichèrent un violent étonnement.

— Mais... pourquoi ces mensonges ? demanda-t-elle.

— Parce que ton père m'a méprisée et dédaignée dès notre voyage de retour. Je ne l'ai amusé que quelques heures.

— Tu oublies que tu m'imposais ton amant et qu'il me faisait chanter ! protesta le milliardaire. Ta manière de relater les faits est proprement scandaleuse.

Emily Stanley poursuivit sur le même ton désabusé.

— Tu m'as considérée comme une esclave à laquelle tu avais donné un jouet, ce malheureux Josse, pour qu'elle ne s'ennuie pas trop. Je t'en ai tellement voulu que j'ai préféré vous abuser, toi et ta fille. Vous êtes semblables... même morgue, même volonté de puissance, même cruauté... mais je crains d'avoir échoué. Vous êtes restés proches l'un de l'autre, comme si mes révélations ne vous avaient même pas atteints.

— Elles furent inopérantes, confirma Barbara, triomphante. Au fond de moi, je n'ai aucun doute sur l'identité de mon père.

— Et moi je sais qu'elle est ma fille!

Ils s'embrassèrent, triomphants. Emily Stanley baissa à nouveau la tête.

— Vous devriez vous rasseoir, mademoiselle, conseilla Higgins.

Fière, presque raide, la jeune femme jeta un regard méprisant sur sa mère et reprit sa place avec ostentation.

— Vous avez tué pour rien, monsieur Stanley. Votre père n'était pas l'amant de votre fiancée.

— Mon père est mort dans un accident de chasse, inspecteur. Josse van Ryssel s'est stupidement noyé. Il n'y a rien de plus à dire. Quant à toi, Emily, tu devras payer. Je considère que tu m'as trahi.

Scandalisé par ces menaces, Marlow jugea nécessaire d'intervenir.

— Vous n'avez pas le droit de vous exprimer ainsi, monsieur Stanley.

— Allons, superintendant, ne me compliquez pas la tâche ! J'ai accordé une certaine confiance à cette femme qui est officiellement mon épouse et a la chance de porter mon nom. J'ai accepté, par pure bonté, d'oublier ses frasques et son intolérable conduite. Et voilà ma récompense ! N'importe qui, à ma place, aurait envie de l'étrangler. Avoir osé me mentir pendant tant d'années... et si vous lui demandiez de vous parler des circonstances de la mort de Josse van Ryssel ? Elle est le seul témoin...

Emily Stanley se lava, très pâle.

— Comment oses-tu... j'aimais Josse !

— Comment te croire alors que tu m'as martyrisé si longtemps et que tu cherches à présent à plonger ta fille dans le désespoir ?

Emily Stanley éclata soudain d'un rire aigu qui déferla en vagues successives. Le superintendant fut persuadé qu'elle sombrait dans la folie. Mais l'épouse du milliardaire, brisée, se reprit. De nouveau, elle parla avec une lassitude poignante.

— Quel sinistre comédien tu es, Archibald... à ceux qui ne te connaissent pas, tu apparaîtrais comme une victime ! Toi qui manipules des milliers de gens, détruis des carrières, piétines des existences, aurais souffert à cause d'un misérable insecte comme moi ? De qui te moques-tu ?

Barbara gifla sa mère.

— Tu l'as bien mérité. Ta langue est celle d'une vipère. Tu avais la chance de vivre auprès d'un homme exceptionnel et tu le traînes dans le boue !

Archibald Stanley intervint pour calmer sa fille.

— Ne t'énerve pas, Barbara. Elle tente tout pour nous séparer et elle ne réussit pas. Le châtiment est à la mesure de la faute.

La joue rougie par la gifle, Emily Stanley ne renonça pas à lutter.

— Josse était mon amant, il l'a avoué à Scotland Yard. Il restera toujours un doute, Archibald. Barbara est peut-être sa fille...

— Trop tard, Emily. Revenir sur tes aveux est inutile. Tu as jeté le masque.

— J'ai porté beaucoup de masques, Archibald. Lequel était le vrai ? Tu ne le sauras jamais.

Le milliardaire frappa de nouveau son bureau.

— Cette fois, j'exige la vérité !

— Mon pauvre Josse... Nous nous sommes tant aimés ! La passion de l'Afrique, la chaleur de la brousse, les corps qui se cherchent et se rapprochent.

— Faites-la taire, exigea Victoria Stanley. Elle déshonore notre famille !

Le financier se leva pour frapper sa femme. Higgins lui barra le chemin.

— Assez de violence, monsieur Stanley. Oubliez-vous qui vous êtes ?

Vexé, le milliardaire retourna s'asseoir. D'un geste nerveux, il désigna Emily.

— Faites-la parler, puisque vous êtes Scotland Yard ! A quel moment a-t-elle dit la vérité ?

Une goutte de sueur perla à la racine des cheveux blancs. Les ailes du nez se creusèrent.

— Tu t'épuises, déplora Barbara. N'use pas tes forces à cause d'elle.

Archibald Stanley serra les poings.

— Je veux savoir, bon Dieu, je veux savoir ! A quoi me sert le fameux Higgins s'il n'est même pas capable de faire toute la lumière sur cette affaire ?

— Il ne vous sert à rien, déclara l'ex-inspecteur-chef puisqu'il n'est pas à votre service mais à celui du Yard. Le monde entier n'est pas votre domestique, monsieur Stanley ; vous devriez finir par admettre cette cruelle réalité. Oui, votre femme vous défie et se moque de vous ; elle n'est d'ailleurs pas la seule.

— Pas la seule ? Qu'est-ce que ça signifie ?

— Mademoiselle Stanley devrait nous l'expliquer.

CHAPITRE XXXVIII

— De quoi m'accusez-vous? s'insurgea la fille du financier.

— Vous accuser? Pourquoi un terme aussi agressif, mademoiselle?

— Il vous faut une tête de Turc! Vous refusez d'arrêter Emily parce que vous détestez mon père et la puissance qu'il incarne. Vous outrepassez vos droits, inspecteur; Scotland Yard ou pas, je vous interdis de m'interroger.

— J'ai rarement été mis en cause au cours d'une enquête, déclara Higgins, sévère, et ne l'ai jamais admis. Ce n'est pas à moi de juger Archibald Stanley; il sera arrêté pour meurtre.

— Vous n'avez rien prouvé!

— Nous y reviendrons, mademoiselle. J'aimerais m'attarder sur votre cas.

— Cessez de tourmenter ma fille, exigea le milliardaire. Oseriez-vous imaginer un seul instant qu'elle a tiré sur moi?

Higgins consulta rapidement les pages du carnet noir consacrées à Barbara Stanley. Celle-ci, jambes croisées et visage altier, semblait se désintéresser de la situation.

— C'est vous qui formulez cette hypothèse, monsieur Stanley.

— Ne me provoquez plus, inspecteur. J'ai horreur de ça.

Higgins concentré, marcha de long en large.

— Qui est Barbara, monsieur Stanley ?

— Une jeune femme hors du commun appelée à me succéder. Grâce à elle, l'empire des Stanley se prolongera et se développera. Elle sera haïe comme moi, mais jouira de la toute-puissance. Des hommes politiques se prosterneront à ses pieds, des banquiers lui mangeront dans la main, des magnats pleureront de rage devant elle parce qu'ils seront vaincus et ruinés. Ça vous révolte, inspecteur ! Vous êtes incapable de comprendre la grandeur d'une dynastie financière comme celle des Stanley.

— C'est fort possible, admit Higgins. Avant de quitter cette maison et de vous abandonner à votre génie, j'aimerais vous montrer quelques petites erreurs de stratégie que vous avez commises.

Archibald Stanley se détendit.

— Avec plaisir, inspecteur. Vous recommencez à m'amuser. Moi, j'aurais commis des erreurs ?

— Avant l'attentat, étiez-vous pleinement satisfait de vos affaires ?

— Dans l'ensemble, oui. Quelques difficultés ici ou là, comme d'habitude. C'est le piment du quotidien. J'avoue que j'aide parfois des adversaires en sous-main pour rendre la compétition plus excitante.

— Bien, bien. Je dois donc aller jusqu'au bout à cause de votre inconscience.

Archibald Stanley fronça les sourcils.

— Si vous dissipiez le mystère ? Ce qui touche à mon métier m'intéresse au plus haut point.

Higgins s'arrêta devant Barbara Stanley.

— Vous aimez la richesse, mademoiselle. Être parée de si beaux bijoux, à votre âge, est presque incongru.

— Chacun ses goûts.

— Vous aimez aussi donner des ordres, diriger et organiser.

— On me l'apprend à Oxford. Mais c'est bien peu de chose à côté de l'enseignement que je reçois de mon père.

— Vos cours privés... vous les confirmez, monsieur Stanley ?

— Ce sont d'excellents moments. Mon empire est très complexe. Pour en découvrir tous les rouages, il faut de l'assiduité, un haut niveau technique et beaucoup d'intelligence. Ma fille possède ces qualités. Je l'aide à les développer ; dans quelques années, elle sera aussi compétente que son père. Ce que je lui apprends, aucune université ne pourrait le transmettre. Il y a les lois, bien sûr, mais elles varient au gré du temps et des pays ; les règles de la finance se situent au-dessus des États. Les manuels n'en révèlent qu'une bien faible partie. L'autre, la plus importante, la plus secrète, seuls quelques décisionnaires la connaissent. Barbara appartient à cette élite.

Très satisfaite, la jeune femme fit tourner un

bracelet en or sur son poignet gauche. C'était la première fois que son père parlait d'elle en des termes aussi élogieux. Il s'agissait d'une véritable reconnaissance officielle de son successeur devant les trois autres femmes.

Victoria, irritée, croisait les doigts. Emily, vieillie de plusieurs années, tenait difficilement en place. L'Eurasienne alluma une cigarette.

— Éteins ça, Laurie, ordonna le milliardaire. On ne fume pas dans mon bureau.

L'œil de l'Eurasienne demeura vide. Elle écrasa la cigarette sous son talon.

— Aucune de mes femmes ne sera lésée, indiqua Archibald Stanley, le verbe haut et le geste ample. Ma fortune sera équitablement répartie. Elles le savent et vous devez le savoir aussi, inspecteur.

Higgins opina du chef.

— Ce domaine est un petit paradis où nous vivons tous en bonne intelligence. Mon anniversaire a été un peu perturbé, mais ce n'est que partie remise. J'organiserai une grande fête pour la fin de ma convalescence et serai entouré de quatre femmes soumises et ravies. Nous oublierons les mauvais moments.

Scott Marlow, même pendant la Seconde Guerre mondiale où il s'était illustré de manière remarquable, avait rarement eu envie de tirer sur un homme. A sa grande honte de serviteur du Yard, il éprouvait une pulsion meurtrière contre cet individu prétentieux et implacable. Les blessures qui lui avaient été infligées avaient dû détraquer un cerveau déjà malade. Le superintendant était convaincu de la culpabilité du financier, un criminel de la pire espèce qui avait tué son propre père avec un absolu cynisme. Il ne témoignait d'aucun regret, d'aucun remords, comme s'il avait réglé une quelconque affaire de second ordre.

Mais Scott Marlow se sentait impuissant ; cet assassin, il ne pourrait pas l'arrêter. Les hautes autorités du Yard exigeraient une kyrielle de preuves matérielles qu'il ne pourrait leur fournir. On n'emprisonnerait pas un Archibald Stanley sans un dossier dont les moindres détails seraient des accusations formelles et définitives. Marlow imaginait déjà l'armée d'avocats qui disculperaient aisément le puissant personnage et ridiculiseraient les enquêteurs. Le superintendant regrettait presque que l'agresseur du milliardaire ait été si maladroit ; réduit à l'état de cadavre, ce tyran eût été supportable.

Que recherchait Higgins ? Établir une vérité qui ne servirait à personne, stigmatiser l'indignité d'un monstre, identifier une criminelle qui aurait mieux fait de réussir... Marlow perdait le moral d'acier qui permettait à un homme du Yard de s'engager sur les chemins les plus difficiles.

Higgins face à Archibald Stanley, Higgins face à quatre femmes qui jouaient peut-être la plus abominable des comédies... avec une sincérité dénuée de toute arrière-pensée, Marlow souhaita l'impossible victoire de son collègue.

CHAPITRE XXXIX

— John Fellow et Barney Phillips : ces noms vous sont familiers, mademoiselle Stanley.

— C'est moi-même qui vous les ai indiqués, inspecteur.

— Vous avez commis une imprudence : croire que je ne vérifierais pas. D'ordinaire, la parole d'un membre de la famille Stanley ne se discute pas.

— Vous avez eu l'impudence...

— Je l'ai eue, mademoiselle. Elle fait partie de mes obligations professionnelles.

— Vous êtes un goujat !

— MM. Fellow et Phillips sont deux garçons fort sympathiques.

— Vous... vous les avez vraiment contactés ?

Archibald Stanley intervint, irrité.

— De qui s'agit-il ?

Higgins se tourna vers lui.

— Ces hommes vous sont inconnus ?

— Jamais entendu parler.

— Étrange... vous utilisez pourtant les services

de détectives privés qui observent les faits et gestes de votre fille.

— Ils sont chargés de la protéger. Oxford est un endroit dangereux, le monde extérieur un vivier rempli de murènes. Barbara a besoin de diplômes pour me succéder ; dès qu'elle les aura obtenus, elle viendra ici et participera à la direction de mon empire.

— Vous recevez des rapports écrits.

— Bien sûr.

— Et vous les lisez attentivement ?

— Bien sûr !

— Aucune mention de John Fellow et de Barney Phillips ?

— J'ai oublié...

— Non, monsieur Stanley. Vous n'oubliez rien, surtout en ce qui concerne votre fille. Ces noms vous sont inconnus parce qu'ils ne figurent sur aucun rapport. Comment l'expliquez-vous ?

— C'est sans importance.

— Il n'existe que deux possibilités : ou bien vos détectives privés sont incompétents, ou bien Barbara Stanley m'a menti. Et à vous aussi, par conséquent.

— Ne l'écoute pas, père : il cherche à nous dresser l'un contre l'autre.

— Votre fille, poursuivit l'ex-inspecteur-chef, affirme qu'elle doit vous présenter ses éventuels soupirants pour que vous les jugiez.

— C'est exact. Une Barbara Stanley ne peut se marier avec n'importe qui ; si elle n'épousait personne avant d'être parfaitement prête à régner sur l'empire, ce serait préférable. Fellow et Phillips... je m'en souviens, à présent.... je les ai rejetés, comme les autres.

— Mensonge inutile, monsieur Stanley. Ni l'un ni l'autre ne souhaitaient épouser Barbara qui ne désire nullement se marier. Les prétendants, elle les écarte d'elle-même et ne choisit comme relations que des garçons indifférents à sa beauté et à sa fortune.

Un large sourire s'épanouit sur les lèvres du milliardaire.

— Mais... c'est merveilleux ! Plus merveilleux encore que je ne l'imaginais ! Décidément, inspecteur, vous apportez de l'eau à mon moulin et remontez dans mon estime.

— Dans les rapports de vos détectives, est-il fait mention d'un individu louche, portant chapeau, foulard, lunettes noires et qui suit votre fille ?

Archibald Stanley parut surpris.

— Si Barbara l'affirme... je renverrai ces imbéciles ! Ils sont incapables de la protéger correctement !

— Ils n'ont commis aucune faute. Ce personnage n'existe pas.

La jeune femme prit des allures de tigresse.

— Qu'insinuez-vous encore ?

— Que vous êtes une mythomane, répondit Laurie Warner à la place de Higgins. A force de vous placer au centre du monde, vous vous croyez menacée en permanence. Votre cas relève de la psychiatrie.

— Père ! L'autoriseras-tu longtemps à me parler sur ce ton ?

— Laurie aime les traits d'humour. Ne t'en offusque pas. Il faut savoir la prendre dans le sens du poil, comme un bel animal.

L'Eurasienne avait croisé ses jambes longues et fines que sa robe fourreau rouge laissait découvertes jusqu'aux genoux.

— Tu es libre d'avoir une maîtresse, jugea Victoria, choquée, mais qu'elle se taise!

— Vous avez beaucoup de chance Laurie, susurra Barbara, beaucoup de chance... tant que mon père sera de ce monde, vous jouirez de la plus haute des protections. Après...

— Après, bien que vous soyez venue me menacer dans ma chambre, nous réglerons nos comptes, compléta l'Eurasienne qui avait l'ouïe aussi fine que celle de Higgins. Dois-je comprendre que vous avez raté votre père?

Barbara Stanley se précipita sur Laurie Warner. Ni Higgins ni Marlow n'eurent le temps d'intervenir, mais l'Eurasienne se défendit avec efficacité et élégance. A la ruade de son agresseur, elle répondit par une parade exécutée avec l'art subtil d'une judoka bien entraînée. Bien qu'il eût levé le coude droit un peu moins haut, Higgins apprécia en connaisseur.

Barbara Stanley tomba lourdement sur son séant.

— Relevez-vous, préconisa Laurie Warner. Vous êtes ridicule.

Victoria aida sa petite-fille à se redresser. Archibald Stanley ne semblait guère ému par l'incident.

— Querelles de femmes ne résistent pas au

vent qui passe, dit le proverbe. Fâchées aujourd'hui, réconciliées demain.

— Tu as toujours le mot juste, Archibald, reconnut sa maîtresse.

Furibonde, Barbara rajusta la robe blanche, victime d'un faux pli.

— Si vous avez inventé ce suiveur, reprit Higgins avec calme, c'est que vous commenciez à redouter les résultats de l'enquête. Vous vouliez me faire croire que vous étiez en danger et que cet individu imaginaire s'était même introduit dans le domaine pour y assassiner votre père. Voilà beaucoup de naïveté et d'inexpérience, mademoiselle. Si nous évoquions à présent trois autres personnages qui, eux, ne sont pas imaginaires : « Siphon », « Rapace » et « Taupe »?

CHAPITRE XL

La foudre tomba sur la tête de Barbara Stanley. Soudain hagarde, elle regarda son père, puis Higgins, revint au milliardaire, quêtant son aide.

— Je… je ne sais pas… ce sont des appellations ridicules…

— Comme tous les noms de code.

— Noms de code, répéta Archibald Stanley, intrigué. Quel lapin sortez-vous encore de votre chapeau, inspecteur ?

— Je crains qu'il ne s'agisse d'un loup particulièrement vorace et d'autant plus féroce qu'il est installé depuis longtemps dans une bergerie dont le berger est aveugle.

— Vos métaphores ne me suffisent pas. Cette fois, vous touchez à mon empire !

— Je m'en garderai bien, monsieur Stanley. Ce n'est pas le cas de « Siphon » et de « Rapace », deux de vos collaborateurs les plus haut placés qui se sont suicidés dès qu'ils ont eu la certitude de votre survie. « Taupe » est toujours vivante et continue à agir contre vous.

— Rocambolesque !

— Simplement sordide. Mademoiselle Stanley devrait nous éclairer.

— Moi ? En quoi suis-je concernée ?

— La taupe vit dans l'obscurité, indiqua Higgins et ne cesse, tout au long de l'année, de creuser des galeries avec une opiniâtreté digne d'estime. Son royaume souterrain est un modèle d'organisation. N'est-ce pas votre avis ?

Barbara Stanley refusa de répondre et se mordit les lèvres.

Son père la regardait avec des yeux inquiets.

— La vanité est toujours mauvaise conseillère, continua Higgins. Elle entraîne les êtres les plus doués vers l'abîme. A force de succès rapides et de perspectives radieuses, vous vous êtes surestimée, mademoiselle Stanley. Pourquoi vous embarrasser plus longtemps de votre père, puisque vous étiez devenue plus habile que lui ?

— Père, ne l'écoute pas, je t'en supplie !

— Continuez, exigea le milliardaire froidement.

— Vous avez nourri un serpent dans votre sein, monsieur Stanley. Voilà quelque temps déjà qu'elle manipule les dirigeants de certaines de vos sociétés étrangères. Elle a réussi à les persuader qu'elle tenait en mains des pans entiers de l'empire. Ceux qui lui prêteraient allégeance sans tarder se verraient récompensés dans l'avenir. Les difficultés que vous avez rencontrées ces derniers mois et que vous avez minimisées ne sont pas le fait du hasard : c'est votre propre fille qui en est responsable. Voici l'identité de « Siphon » et de « Rapace. »

Higgins déchira une page du carnet et la remit au financier.

— Eux, constata-t-il. Eux, des traîtres... suicidés, disiez-vous ? Tant mieux ! Il y a une justice. « Taupe »... ce serait donc...

— Barbara, en effet. Voulez-vous un exemple précis ?

L'ex-inspecteur-chef consulta à nouveau ses notes.

— Pendant que vous étiez dans le coma, votre fille a vendu une énorme quantité d'actions d'Oil England International.

— Ma société de pointe ! tonna Stanley. Mais... à qui ?

— A elle-même. Appliquant vos méthodes, elle a fondé plusieurs sociétés écrans qui réinvestissent progressivement votre fortune. Les galeries de la taupinière sont creusées avec le plus grand soin et aboutissent au nouveau patron de l'empire : Barbara Stanley.

— Ce n'est pas possible, Barbara... monsieur Higgins a tout inventé ! Explique-toi, je t'en prie.

— Votre fille est travailleuse et futée, indiqua l'ex-inspecteur-chef. Vous lui avez vous-même offert les clés du coffre fort. L'occasion était trop belle. Si elle a repoussé ses soupirants, c'est pour rester seule et ne rien partager. Elle se moque bien de l'amour : seuls comptent puissance et fortune. A vingt-cinq ans, elle est déjà une femme d'affaires rouée et impitoyable, la femme que vous avez formée et éduquée. Elle a assimilé vos méthodes au-delà de vos espérances en maniant les instruments du pouvoir que vous lui remettiez en toute confiance.

Le teint du milliardaire devint grisâtre.

— Barbara, jure-moi que tu n'es pas « Taupe », qu'il s'agit d'un cauchemar!

La jeune femme retrouva toute sa hargne.

— Tu te laisses aller, Archibald. Un grand patron doit sans cesse vérifier ses comptes, inspecter ses arrières et ne faire confiance à personne. C'est bien toi qui me l'as indiqué, n'est-ce pas? Un bel empire, je te l'accorde, mais vieillissant. Dans bien des domaines, le pétrole par exemple, il est possible de gagner plus et plus vite. Tu es devenu frileux, avec l'âge; tu ne progresses qu'en terrain conquis. Moi, j'avance. J'ai commencé par de petits transferts d'actions que tu n'as pas remarqués. J'ai compris que ta vigilance s'amoindrissait et j'ai osé davantage. Tu as cru à une attaque de tes ennemis habituels et tu l'as encouragée pour t'amuser, sans savoir que tu augmentais mes capitaux propres. Encore une faiblesse de patron qui décline... on ne s'amuse plus, en affaires. On gagne ou on perd. Toi, tu commences à perdre... la pente fatale. Je t'ai dépossédé de ta principale société avec presque trop de facilité : tires-en la leçon. Il est temps de passer la main.

— C'est toi qui parles ainsi, Barbara, c'est bien toi...

— C'est toi, Archibald, qui m'as appris à être impitoyable et à ne pas m'embarrasser de sentiments. Tu m'as enseigné les règles d'un jeu que je joue mieux que toi. J'en suis ravie et ne regrette rien. Sache te montrer beau perdant.

Laurie Warner s'adressa à son amant.

— Je t'avais prévenu... mais parole de maîtresse ne pèse aucun poids.

Scott Marlow, en dépit de son aversion pour le milliardaire, souffrait pour lui. Être ainsi torpillé par sa propre fille!

— Tu n'es pas ma fille, déclara Archibald Stanley, solennel. Emily a dit la vérité. Ton père ne peut être que ce lâche de Josse van Ryssel; tu es fourbe et dissimulée, comme lui. Tu frappes dans le dos.

— Mais non, rectifia Emily Stanley, satisfaite. C'est à toi qu'elle ressemble, Archibald, et à personne d'autre. Toi aussi, tu abats tes adversaires par derrière et tu utilises la ruse sans te soucier du malheur que tu répands autour de toi. Oui, mon chéri, il y a une justice...

Le financier se tassa sur son siège. Higgins se tourna vers sa mère.

— Est-ce également votre avis, madame Stanley?

CHAPITRE XLI

La vieille dame en violet ne se départit pas de son calme.

— Belle brochette de gourgandines... une femme dépravée, une fille qui détruit l'œuvre de son père et une maîtresse qui se moque de tout sauf d'elle-même ! Voilà le triste monde où mon fils a tenté de mettre un peu d'ordre. Moi, sa mère, le défendrai contre ces créatures. Il sait qu'il peut au moins compter sur moi.

— N'en faites pas trop, belle-maman, recommanda Emily.

— Taisez-vous ! Vous n'avez plus droit à la parole !

Higgins tourna quelques pages et, d'un coup d'œil, relut les conclusions consacrées à Victoria Stanley.

— Votre comportement m'a beaucoup intrigué, madame.

La main gauche de la vieille dame commença à trembler. Ses éternels gants couleur chair étaient presque invisibles.

— A quel propos, inspecteur?

— A propos d'une multitude de détails qui m'ont permis de cerner votre véritable rôle dans cette affaire.

— Le rôle d'une mère est de rester modeste et effacée.

— En ce cas, vous l'avez fort mal joué.

La vieille dame se rebiffa.

— Archibald, ne remettras-tu pas ce M. Higgins à sa place?

Le financier leva la main droite et la laissa retomber, lasse, sur le bureau. Les coups portés avaient amoindri sa résistance. Il recherchait en vain un second souffle.

Sans se démonter, l'ex-inspecteur-chef reprit la parole.

— Vous détestez les trois autres femmes qui vous paraissent indignes, à des titres divers, de votre fils.

— Vos propres démonstrations ne m'ont-elles pas donné raison?

— Vous avez obstinément refusé de me parler de la première photographie exposée dans ce bureau, celle où figuraient notamment votre mari et le guide de brousse, Josse van Ryssel. Or vous saviez fort bien que ce dernier vivait reclus chez votre belle-fille.

— Inspecteur...

— Vous avez l'œil partout.

— Je surveille, protesta-t-elle. Qui me le reprochera?

— Victoria était au courant, confirma Emily

Stanley. Josse avait promis de rester discret et il a tenu ses engagements. Mon pauvre Josse... lui qui se croyait en sécurité dans cette maison de fous!

— Un peu de décence, Emily! Vous n'allez quand même pas vous lamenter sur son sort? Si j'ai accepté sa présence, c'est en accord avec mon fils. La sérénité familiale avant tout.

La vieille dame, très digne, releva le menton.

— Ma principale hypothèse, expliqua Higgins, voulait que la photographie dérobée et remplacée par une autre fût liée à la tentative de meurtre sur la personne d'Archibald Stanley. Qui aurait pu commettre ce vol? Barbara recevait un enseignement de son père dans ce bureau même. Emily, qui a découvert le corps, aurait eu le temps de procéder à la substitution.

— Ne cherchez pas plus loin, recommanda Victoria. C'est elle. Barbara ignorait l'existence de Josse van Ryssel.

— Et Laurie Warner?

— Elle n'est jamais entrée dans ce bureau, déclara le milliardaire; une convention entre elle et moi, ne pas mélanger le travail et le plaisir.

— Merci de m'innocenter, dit l'Eurasienne, détendue.

Higgins s'adressa à Emily Stanley.

— Êtes-vous bien la coupable?

— Non, inspecteur. Je désirais taire l'existence de Josse mais je n'ai pas volé cette photographie. Pour en trouver une autre, il faut avoir accès aux archives familiales. Je ne sais même pas où elles se trouvent.

Personne ne protesta. L'ex-inspecteur-chef revint vers Victoria Stanley dont la main gauche tremblait de plus en plus, démentant son calme apparent.

— Il ne reste donc que vous, madame.

— Une preuve, inspecteur.

— La plus simple et la plus décisive : vos empreintes.

La vieille dame ricana.

— Vous tombez mal. Je porte toujours des gants.

— Le détail m'a intrigué, je l'avoue. Mais un objet vous accuse de façon formelle : la crosse en bois du voleur rituel qui a dérobé un fragment de soleil. Dois-je vous rappeler la légende dogon? C'est l'Ancêtre en personne qui, le premier, s'est emparé d'un morceau de l'astre du jour dans l'atelier divin où il se trouvait sous forme de braise et de fer incandescent. Il l'a caché dans une forge et s'est manifesté aux hommes en tenant ce fameux bâton recourbé que vous avez déposé dans votre sanctuaire. Autrement dit, les vols que vous commettez ne sont pas des méfaits mais des actes rituels. C'est pourquoi vous vous êtes mise à nu en ôtant vos gants pour manipuler le cadre et changer la photographie. Qu'aviez-vous à craindre? Vous vous inspiriez de l'Ancêtre et faisiez un acte juste que seules des mains pures pouvaient signer.

Le menton à nouveau conquérant, la vieille dame vit avec satisfaction sa main gauche cesser de trembler.

— Les émeraudes sont à l'honneur, dans votre

domaine. N'auriez-vous pas détourné une fortune qui appartenait au père d'Emily?

— Ce malheureux ne connaissait pas la valeur de sa mine. Abandonnée, croyait-il. Fallait-il être sot! Josse van Ryssel fut de bon conseil, je le reconnais. Grâce à lui, nous avons récolté quelques échantillons qui nous ont éclairés.

— Et vous avez racheté la mine d'émeraudes à bas prix.

— Les affaires sont les affaires.

— Vous auriez pourtant aimé vous débarrasser de van Ryssel. C'est une figurine le représentant que vous tentiez d'envoûter.

— J'aurais aimé rendre service à mon fils en expulsant cet encombrant personnage; avec un peu de persévérance, ma magie l'aurait obligé à quitter le domaine sans demander son reste. Peut-être lui a-t-elle fait sauter le dernier pas en le précipitant dans le marigot.

Effondré, Scott Marlow découvrait une vieille dame sans cœur et sans pitié qui injuriait le beau prénom de Victoria. Higgins, contraint d'utiliser les renseignements glanés à la lecture du journal intime de la mère du financier, abordait un terrain fort délicat.

— Vous n'aviez pas une haute opinion de votre mari, rappela-t-il. À l'exception de votre fils, tous les hommes vous paraissaient brutaux, mauvais et menteurs. Votre époux faisait donc partie du nombre.

Victoria Stanley marmonna quelques mots incompréhensibles. Sa main gauche recommença à trembler.

— Malgré votre aversion pour la gent masculine, continua l'ex-inspecteur-chef, vous avez conquis de nombreux cœurs. Vous fûtes infidèle et volage. Parmi vos nombreuses aventures figure une liaison avec le père d'Emily...

— N'exagérons rien...

— Le niez-vous ?

Emily Stanley intervint avec hargne.

— Elle n'a pas le droit de mentir davantage ! Victoria est bien devenue la maîtresse de mon père !

La vieille dame ne se démonta pas.

— Pure invention destinée à me nuire. Ces événements sont très anciens. Oublions-les.

— Décrivons-les plutôt avec exactitude, objecta Higgins. Je suis certain que vous avez assassiné un mari que vous détestiez. Débarrassé de lui, vous pouviez enfin offrir l'empire Stanley à Archibald. A votre fils, vous avez présenté une autre version : votre époux était coupable de viol sur la personne de la fiancée d'Archibald qui devait se venger sans délai.

— C'est moi qui ai tiré sur mon père ! affirma le milliardaire.

— Pendant la nuit, alors qu'il dormait ?

— Comment le savez-vous ?

— Vous avez tiré sur un cadavre, monsieur Stanley.

CHAPITRE XLII

L'affirmation ne souleva aucune tempête. Victoria Stanley n'eut pas l'impudence de protester. Son fils revivait la scène, dans cette nuit africaine où, sur le conseil de sa mère, il avait empoigné un fusil de chasse et tiré à deux reprises sur un père haï. Un père qui n'avait pas bougé. Un père qui était déjà mort.

— C'est ainsi, confirma la vieille dame avec tranquillité, et il ne pouvait en être autrement. Mon mari devait disparaître.

— Un seul mobile à votre crime, précisa Higgins : un amour immodéré pour votre fils. « Ça les arrangeait tellement, elle et lui », m'a confié Josse van Ryssel. Le père n'était-il pas aussi encombrant que le mari ? Archibald n'a assassiné qu'un cadavre mais il croyait bien supprimer un vivant. Il n'a pas hésité : un simple coup de feu et l'empire financier tombait dans ses mains. Stanley père était condamné.

— Ce drame est si lointain... Mon fils a réussi de manière admirable. Bien des royaumes ont été bâtis sur le sang et on reconnaît l'arbre à ses fruits. Archibald a prouvé qu'il était plus apte que son père à gouverner ; grâce à lui, nos bénéfices ont augmenté de manière considérable. Aujourd'hui, il règne sur les finances de la planète. J'ai eu raison d'écarter un incapable. Mon fils a eu raison de m'obéir.

D'ordinaire, Scott Marlow ne partageait pas le pessimisme foncier de Higgins sur l'espèce humaine. Cette fois, il se sentait privé du scepticisme jovial qui permettait à tout Britannique de bonne souche de supporter le temps gris, les défaites du Quinze de la Rose et les fluctuations de la Bourse. La porte de la dépression était grande ouverte.

— Que vous souteniez votre fils de manière inconditionnelle est incontestable, reconnut Higgins. Pourtant, un motif de discorde existait : la gestion de vos propres comptes. Archibald vous a convoquée pour examiner vos dépenses. Ne se révélaient-elles pas excessives ?

— Je n'avais aucun reproche à formuler, déclara le milliardaire. Seulement des mises en garde.

— Barbara essaye de s'approprier l'empire, rappela Higgins. Ces « dépenses » ne seraient-elles pas l'expression d'une tentative comparable ?

— Moi, dépouiller mon fils ? Vous divaguez !

— Archibald vous a démasquée et menacée de représailles. Acculée, vous avez décidé de le supprimer. Ce n'était pas la première fois que vous tiriez sur un homme.

La vieille dame se leva et défia Higgins.

— Je vous interdis de parler ainsi ! J'ai menti à mon fils parce que c'était indispensable. Mais l'assassiner, lui...

— Elle n'est pas coupable, affirma Archibald Stanley. Ma mère a toujours été un panier percé ; de temps à autre, je lui demande de songer à quelques économies. En pure perte, naturellement.

L'émotion qui rendait hésitante la voix du financier témoignait d'une fatigue grandissante. Il se tenait un peu voûté ; parfois la tête, trop lourde, s'inclinait un peu sur le côté. L'œil était moins vif, l'élocution plus pâteuse.

— Qui a tiré sur vous, monsieur Stanley ?

— Je l'ignore, inspecteur.

Higgins s'adressa à l'épouse du financier.

— Si M. Stanley hait les hommes c'est parce que son père et son beau-père lui apparurent comme des monstres indignes de vivre. Archibald Stanley a tué votre père, qui se trouvait être l'amant de sa mère, Victoria Stanley. Mais vous avez beaucoup menti, madame. Vous n'aviez pas été mise enceinte par le père d'Archibald. Et je vous crois assez machiavélique pour avoir inventé la liaison entre votre père et Victoria, votre complice.

— Moi, sa complice !

— La mère et la future épouse alliées pour aider l'homme qu'elles vénèrent à devenir le plus riche et le plus puissant : voilà votre stratégie. L'une et l'autre avez voulu le mettre à l'épreuve et savoir s'il était capable de supprimer son propre père pour prendre le pouvoir. Vous n'avez pas été déçues.

Archibald s'affirmait bien comme le grand fauve que vous espériez, implacable et féroce.

— Un grand fauve et un grand homme : tel est mon fils, dit Victoria, heureuse.

Archibald Stanley vacillait.

— Je ne comprends plus, avoua-t-il. J'ai tué deux hommes qui ne méritaient pas de vivre... mais l'un était déjà mort et l'autre innocent du crime dont on l'accusait. Tu m'as trompé deux fois, mère.

— Pour ton bien, mon fils. Pour ton bien. C'est dans les épreuves que se forment les êtres d'exception; tu es devenu un géant grâce à moi.

— Je me vois contraint de vous rabaisser l'un et l'autre, décréta Higgins. Ces actes grandioses relèvent, en réalité, de la crapulerie.

— Mon dévouement...

— Mais non, chère madame : la mine d'émeraudes.

Le financier et sa mère se renfrognèrent.

— Victoria Stanley, maîtresse du père d'Émily? Solution sans doute trop compliquée, jugea l'ex-inspecteur-chef et, d'une certaine manière, beaucoup trop dramatique pour expliquer un crime sordide. Archibald Stanley n'a cure des grands sentiments, des passions et de l'honneur perdu de sa mère. Une mine d'émeraudes achetée à bas prix, en revanche, lui offrait une magnifique possibilité de faire très rapidement fortune. Mais le père d'Émily était revenu sur sa décision. Intrigué par l'emballement de son futur gendre, il ne voulait plus vendre un bien dont il appréciait mieux la valeur.

Higgins consulta ses notes.

— « Il n'a pas oublié la mine d'émeraudes de mon père », a déclaré Émily; parmi les dernières paroles de Josse van Ryssel, ces quelques mots : « Et puis l'autre, à cause des émeraudes. » Enfin, ces pierres splendides que vous arborez comme un trophée, vous, criminelle et mère d'un assassin. Archibald Stanley a supprimé son futur beau-père afin de s'approprier le magot. Rien de plus grandiose, je le redoute.

Le double forfait perpétré en Afrique élucidé. Archibald, abusé dans un cas, avait, dans l'autre, commis le meurtre pour voler.

Victoria Stanley, assassin et complice, passait une vieillesse heureuse. Émily, complice, avait longtemps vécu avec son amant et ne serait pas inquiétée, faute de preuves tangibles. L'homme qui avait brûlé les deux cadavres, Josse van Ryssel, ne parlerait plus.

Dès qu'il aurait franchi la frontière de cet enfer, Scott Marlow se soûlerait jusqu'à ce qu'il oublie cette enquête cauchemardesque. Mais Higgins s'acharnait encore. Et deux nouvelles pages du carnet noir furent tournées. Il s'approcha d'Émily Stanley.

— C'est vous qui avez découvert le corps de votre mari ?

— En effet, reconnut la femme en noir.

— Votre attitude a été étrange. Vous avez bien ramassé les deux revolvers ?

— N'importe qui aurait agi comme moi. Une réaction banale.

— Certes, mais une erreur monumentale. Nous aurions dû y relever vos empreintes. Or, seules celles du superintendant figuraient sur les armes. Vous les aviez donc essuyées.

— C'est toi... toi qui as voulu tuer Archibald !

— Ce n'est pas moi, protesta Émily. Je n'ai pas violé nos accords.

— Pourquoi as-tu effacé tes empreintes ?

— Je ne me suis pas rendu compte...

— Mais si, objecta Higgins. Vous avez pris tout votre temps, comme convenu.

— Comme convenu ?

— Avec votre complice. Deux précautions valaient mieux qu'une. Si elle n'avait pas fait complètement disparaître ses traces, vous auriez terminé son travail. Vous protégiez celle qui a osé tiré sur Archibald Stanley : sa maîtresse, Laurie Warner.

CHAPITRE XLIII

L'Eurasienne demeura impassible. Elle ne regarda pas Higgins mais Archibald Stanley.

— Cette fois, dit l'ex-inspecteur-chef en s'adressant au financier, il vous faut admettre la réalité. C'est bien elle qui a tenté de vous abattre?

— Non, pas Laurie... je ne le crois pas...

— Pourtant, vous saviez qu'elle n'était pas une sainte.

— Le trafic d'opium? Aucune importance. Je vous ai expliqué qu'elle en était sortie et qu'ici elle ne risquait plus rien. Son passé est anéanti. Son avenir, c'est moi.

— Pourtant, mademoiselle Warner continue à pratiquer son art. Elle ne vend plus d'opium mais des renseignements.

Une nouvelle angoisse hanta l'esprit du milliardaire.

— Des renseignements... de quel ordre?

— Financier, Archibald, répondit Laurie Warner, réjouie.

Stanley ressemblait à un boxeur groggy. Ce coup-là le mettait au tapis pour le compte.

— Pas toi, Laurie, pas toi...

— Voyons, mon chéri, l'esclavage est aboli. Ton animal préféré, même s'il est en cage, jouit au mieux de son indépendance. Sans posséder le génie de Barbara pour les montages financiers, j'ai prêté attention à quelques-unes de tes astuces. De temps à autre, tu aimes parler et te vanter de tes exploits futurs. La nature m'a dotée d'une excellente mémoire. J'ai négocié quelques broutilles...

— Non, mademoiselle Warner, pas des broutilles. Des renseignements très importants vendus à un agent de change connu et influent.

— Toi aussi, Laurie, tu m'as trahi?

— L'argent appelle l'argent, Archibald. Je n'ai pas résisté à la tentation.

— Pourquoi ne m'en as-tu pas parlé? Je t'aurais donné ce que tu désirais. A moins... à moins que tu ne sois la complice de Barbara!

L'Eurasienne éclata de rire, d'un rire cristallin et juvénile.

— Sois tranquille, Archibald. Je n'ai pas la moindre envie de m'approcher d'elle. J'ai agi seule pour me prouver que je pouvais faire fortune, moi aussi.

— En vendant mes secrets à l'adversaire...

— Ne dis-tu pas toi-même que le choix des moyens importe peu? Tu devrais être fier de moi puisque j'ai réussi.

Le teint d'Archibald Stanley devint verdâtre. L'Eurasienne, très à l'aise, interpella Higgins.

— Comment m'avez-vous soupçonnée, inspecteur ?

— J'ai cru à la réalité de votre affrontement avec Émily Stanley dans la bibliothèque, quelques minutes avant l'heure du dîner. En me fournissant des indications minutées de manière très précise, Victoria Stanley se mettait hors de cause... pour ce meurtre-là. Aurait-elle pu être complice de Barbara en inventant cette histoire ? Non, parce que Barbara ne souhaitait pas voir disparaître son père aussi vite. Il lui manquait des informations financières qu'il lui communiquait dans leurs entretiens. Ensuite, selon la tradition familiale, elle aurait sans doute supprimé elle-même un cerveau devenu inutile.

Subissant le regard furieux et blessé du milliardaire, sa fille ne se rebella pas.

— Vous vous êtes querellée avec votre complice, reprit Higgins, mais il s'agissait d'un trompe-l'œil destiné à me faire croire que vous ne concluriez jamais aucune alliance. Vous vous innocentiez l'une l'autre ; c'est d'ailleurs pourquoi vous avez tant insisté sur le fait que vous agissez seule. En revanche, quand vous avez tenté de briser la nuque d'Émily Stanley, ce n'était plus un simulacre mais un avertissement. Avec vos talents de judoka, vous auriez pu aisément réussir. La sentant fléchir, vous vouliez simplement la mettre en garde de la manière la plus brutale : « Je ne vous tiendrai pas rigueur de votre erreur », avez-vous déclaré. Autrement dit : dernier avertissement ; essayez de confier notre secret à Scotland Yard et vous êtes morte. Émily Stanley, bafouée, méprisée, reléguée loin du château, voulait châtier son mari et, à travers lui, Barbara qu'elle croyait très proche d'Archibald. Mais elle manquait du courage nécessaire pour tenir une arme à feu et tirer.

— Bien raisonné, admit l'Eurasienne que l'accusation ne semblait pas émouvoir. Malheureusement pour vous, je n'ai aucun mobile.

— Mais si, mademoiselle : votre première ride.

Pour la première fois depuis le début de l'enquête, l'arrogance de la superbe Laurie Warner se transforma en panique. Elle décroisa les jambes, perdit sa grâce féline, se crispa comme une quelconque vieille fille anglaise coupable d'avoir raté le thé.

— Ce n'est pas vrai... regardez-moi!

— Le maquillage vous protégera quelque temps. Vous placez vos espoirs dans le calendula, la pâquerette, l'iris et surtout le mimosa qui peut réparer la peau et la régénérer. Autant de traitements antirides qui accompagnent une lutte désespérée contre le temps. Votre jeunesse se meurt, mademoiselle Warner. Vous êtes enfermée dans une prison dorée sous l'autorité d'un seul homme et soumise à ses caprices. Il ne vous reste plus beaucoup de jours et de nuits pour jouir de l'existence et connaître d'autres passions.

L'Eurasienne éclata en sanglots.

— J'aurais dû le tuer depuis longtemps, murmura-t-elle, depuis si longtemps...

Archibald Stanley se leva, hiératique.

— Pas toi, Laurie, pas toi!

— Vous vous êtes trompé, estima Higgins. Vous aviez la certitude de régner sur quatre femmes, sur vos quatre femmes. Elles vous ont toutes trahi et menti. Suprême injure, votre maîtresse, animal magnifique et docile, n'a pas hésité à tirer sur vous.

— Non, ce ne pouvait pas être elle, ce ne...

L'œil fixe, les lèvres entrouvertes, Archibald Stanley se frappa la poitrine de son poing serré et s'écroula.

ÉPILOGUE

Malgré ses efforts, la doctoresse Alconbury n'était pas parvenue à ranimer le milliardaire.

— Vous aviez raison, dit Higgins à Scott Marlow qui écoutait et le ronronnement de la Bentley, prête à regagner le monde civilisé. Ce sont bien quatre femmes qui ont tué Archibald Stanley, même si l'une d'entre elles avait cru accomplir le pas ultime.

— Horrible, vraiment horrible... Et ce rapport à rédiger...

— Vous vous remettrez, mon cher Marlow. Comme disent les Dogons, les forces créatrices rentrent dans l'homme, passent et ressortent. Il y a entre les êtres un échange continu de flux invisible. Ainsi dure l'ordre universel. Un jour, peut-être, nous rencontrerons des créatures encore plus sombres qui tenteront de détruire l'harmonie de manière plus radicale. L'honneur du Yard est de les identifier. Quant à la justice...

Higgins accorda un dernier regard au perron du château. Sur la dernière marche se tenaient les quatre femmes, Victoria en violet, Émily en noir, Barbara en blanc et Laurie en rouge. Demain, elles enterreraient leur grand homme dans la plus stricte intimité.

— Nous pouvons partir, annonça Marlow avec soulagement.

A l'instant où la vénérable voiture démarrait avec un hoquet joyeux, l'ex-inspecteur-chef nota un détail extraordinaire.

L'une des quatre femmes pleurait. Songeait-elle à Archibald Stanley disparu ou manifestait-elle des remords ? Surpris, Higgins nota son nom sur le carnet noir. Il entrait dans la catégorie des petits secrets que découvrirait celui ou celle qui hériterait de ses archives. A moins, hypothèse audacieuse, qu'il ne rédige ses mémoires où seraient éclaircies bien des énigmes, de l'identité de Jack l'Éventreur à celle d'une femme en pleurs.

heroic-fantasy

Un monde de légende où le chevalier errant n'est qu'un pion livré à la toute-puissance des dieux anciens...
Un monde où l'épée affronte les sortilèges des premiers âges...
Un monde où la pierre parle, l'arbre voit, le dragon veille...

L'Armure maudite

par **SERGE BRUSSOLO**

Gilles, le jeune écuyer, vient de voir son maître bien-aimé se faire tuer au cours d'un tournoi. Devenu la propriété du vainqueur, le voilà contraint de servir l'étrange chevalier à l'armure couverte de rouille qui a massacré son seigneur sans l'ombre d'une hésitation. Un combattant inquiétant, sans nom, sans blason, dont personne n'a pu distinguer le visage, et qui semble surgi des entrailles de la terre.
Contre son gré, le jeune homme va devoir obéir à ce guerrier de fer invincible, taciturne, mais qui, dès la nuit tombée, souffre de maux inexplicables et terrifiants. Peu à peu le doute s'empare de lui : y a-t-il seulement quelqu'un à l'intérieur de la cuirasse ? Ou bien serait-il devenu, à son insu, le valet d'un fantôme ?

DU MÊME AUTEUR,

AUX ÉDITIONS GÉRARD DE VILLIERS :

Cauchemar à louer

Comment survivre quand, à douze ans, vous découvrez subitement que vos parents sont des loups-garous ?

La Meute

Et si les animaux empaillés du vieux musée n'étaient pas tout à fait morts ?

Krucifix

Que se passe-t-il quand une forêt transforme chacun de ses arbres en soldat ?

Les Bêtes

Son corps s'était métamorphosé, il était devenu la somme de tous les prédateurs existants.

L'Épave

Il ne le se savait pas encore, mais il venait de s'embarquer à bord d'un vaisseau fantôme.

Les Emmurés

Comment dormir en paix quand on vit dans un immeuble dont les locataires se font emmurer les uns après les autres ?

Les Rêveurs d'ombre

Les morts s'ennuyaient sous la terre, elle avait été désignée pour leur tenir compagnie et leur raconter des histoires.

Les Démoniaques

Qui réussira à ouvrir le grimoire vivant qui contient tous les secrets du monde ?

Le Vent noir

Le vent charriait la poussière du temps, chacune de ses bourrasques vous faisait vieillir de quelques années…

Les Mangeurs de murailles

L'univers tout entier tenait dans une HLM, mais personne n'avait le droit d'aller voir ce qui se passait chez le voisin…

Les Inhumains

C'était un dieu caché au fond d'une cave, il voulait façonner des créatures à son image. Il se servait des hommes comme d'une vulgaire pâte à modeler.

Traque-la-Mort

C'étaient des bombes humaines, ils avaient de la dynamite dans le sang, du TNT dans les os.

À l'image du dragon

Il y a ceux que la pluie tue, et ceux qu'elle ressuscite…

Composé par EUROCOMPOSITION *92310 Sèvres*
et achevé d'imprimer en mai 1992
sur les presses de la Société Nouvelle Firmin-Didot
à Mesnil-sur-l'Estrée (Eure)

— N° d'imprimeur : 20982. —
— N° d'éditeur : DSY 16. —
Dépôt légal : juin 1992.

Imprimé en France